*LES CHEFS-D'ŒUVRE INCONNUS*

---

# LES VEILLEES D'UN MALADE

## TIRÉ A TRÈS PETIT NOMBRE

Il a été tiré, en outre, 20 exemplaires sur papier de Chine et 20 sur papier Whatman, avec *double épreuve de la gravure*.

A. Lalauze sc.      Jouaust Ed.      Imp. A. Salmon.

LES VEILLÉES D'UN MALADE

# A.-L. VILLETERQUE

# LES VEILLÉES

## D'UN MALADE

PUBLIÉES

PAR LE BIBLIOPHILE JACOB

PARIS

LIBRAIRIE DES BIBLIOPHILES

Rue Saint-Honoré, 338

M DCCC LXXXI

# PRÉFACE

OICI un chef-d'œuvre inconnu, un petit chef-d'œuvre, d'un auteur entièrement oublié aujourd'hui, qui eut, de son vivant, auprès des critiques délicats et des gens de goût, une réputation sinon éclatante, du moins bien établie et incontestée. C'était un savant et un philosophe; c'était un poète et un dramatiste; c'était surtout un écrivain ingénieux. C'était aussi un connaisseur habile, un juge excellent, en matière de littérature. On a lieu de s'étonner que des talents aussi variés et des qualités d'esprit aussi supérieures n'aient pas sauvé de l'oubli le nom de Villeterque.

Ses ouvrages, peu nombreux, sont très remarquables et intéressants à divers points de vue: ils n'avaient pas obtenu, il est vrai, quand ils parurent, ces succès brillants qui s'imposent et qui laissent une trace lumineuse dans la mémoire de plusieurs générations d'amis des lettres : on les avait lus sans doute avec plaisir, on les avait placés dans quelques bibliothèques d'amateurs; mais on ne les réimprima point de manière à les répandre dans le public, qui ne les eût peut-être pas compris et appréciés à cause des raffinements infinis de la pensée et des recherches excessives du style de l'auteur.

Alexandre-Louis de Villeterque, né le 31 juillet 1759, d'une famille noble, à Ligny, dans le duché de Bar, fit ses études classiques à Metz et entra à l'âge de seize ans dans le régiment de Normandie, où son oncle était lieutenant-colonel. Il devint capitaine dans ce régiment et n'abandonna la carrière militaire qu'en 1790, lorsque l'insubordination de ses soldats affolés par l'esprit révolutionnaire le força de déposer son épée. Il dut chercher alors des distractions et des consolations dans les lettres, qu'il avait toujours aimées et cultivées : il fut bientôt obligé de leur demander des ressources, et il se fit journaliste. Malheureusement, il n'a pas rassemblé en volumes les innombrables articles littéraires qu'il publia dans une foule de journaux, notamment dans le JOURNAL DES ARTS et dans le JOURNAL DE PARIS. Il eût voulu se consacrer à la littérature dramatique, mais sa mauvaise santé l'empêcha de tourmenter sa vie dans

les coteries de théâtre, après deux succès qui l'avaient
fait connaître très avantageusement. Sa comédie de
LUCINDE, OU LES CONSEILS DANGEREUX, fut repré-
sentée pour la première fois le 21 janvier 1791 ;
celle du MARI JALOUX ET RIVAL DE LUI-MÊME, repré-
sentée au Théâtre du Marais le 20 février 1793, ne
réussit pas autant que la première, qui parut seule-
ment imprimée, en cette même année, avec une
dédicace à J.-J. Rousseau.

J.-J. Rousseau était, en effet, le modèle que
Villeterque se proposait de suivre en philosophie et
en morale. Voici comment il fait lui-même son
portrait dans sa dédicace de LUCINDE : « Je ne suis
pas, je le vois, destiné à être un grand homme.
Eh bien, soit ! je serai heureux, humain et
bienfaisant... Je m'occuperai de tout avec paresse ;
je jouirai de tout avec délices ; j'écrirai sans pré-
tention ; j'écouterai mon cœur : la réflexion n'efface
jamais ce que le sentiment inspire. Je n'attendrai
jamais le lendemain, crainte de perdre la veille.
Amour, plaisir, étude, projets, raison, sagesse,
tout occupera à la fois ma rapide existence. Je
veux la parcourir avec une vitesse qui laisse mon
avenir même derrière moi. Je voudrais, oui, je
voudrais épuiser mes années dans un jour. » Le
spectacle de la Révolution découragea Villeterque
de la philosophie. « Comme La Harpe et Mar-

*montel, dit de lui l'auteur anonyme des* Hommes
illustres de nos jours *(Paris, Surosne, an XI,
in-12), il a déserté le drapeau des sophistes qui se
titraient de philosophes, et, quoique membre de
l'Institut, il a le jugement très sain. »*

*Millin, son collègue à l'Institut national, fait
ainsi son éloge (*Magasin encyclopédique, *année
1811, tome III, p. 152) : « M. Villeterque avait
le cœur bon, honnête, sensible et aimant. Ceux à
qui il s'attachait savent que son affection était
forte et tendre. Il ne la donnait point au hasard,
mais, quand il l'avait donnée, elle était solide et
on pouvait compter sur elle. » Il mourut, à Paris,
le 8 avril 1811, d'une cruelle maladie, « qui
peut-être, ajoute son ami Millin, avait contribué à
lui donner une sorte d'aversion pour le monde, où
il eût paru avec avantage et pu jouer le rôle
d'homme aimable. »*

*Nous n'avons pas à parler ici de ses ouvrages
de science :* Quelques doutes sur la théorie
des marées par les glaces polaires *(Paris,
1793, in-8º); ni de ses ouvrages de philosophie:*
Veillées philosophiques, ou Essais sur la morale expérimentale et sur la physique systé-
matique *(Paris, Fuchs, an III, 2 vol. in-8º);
ni de ses traductions de l'anglais :* Lettres athé-
niennes, correspondance d'un agent du roi

DE PERSE A ATHÈNES, PENDANT LA GUERRE DU
PÉLOPONNÈSE (*Paris*, 1803, 3 *vol. in*-8°), *et*
FLEETWOOD, *par Godwin* (*Paris*, 1805, 3 *vol.
in*-12); *ni de ses poésies* (ÉPITRE A M^me ***,
SUR QUELQUES RIDICULES DU MOMENT (*Paris,*
1796, *in*-8°); *ni de ses articles littéraires épars
dans plusieurs journaux, articles, dit Desessarts
dans les* SIÈCLES LITTÉRAIRES DE LA FRANCE, « *remarquables par le soin avec lequel ils sont écrits
et par une critique éclairée et pleine d'urbanité* ».

Bornons-nous *à citer les deux opuscules entre
lesquels nous avons hésité avant de choisir celui
que nous devions recueillir dans la collection des*
CHEFS-D'ŒUVRE INCONNUS *pour offrir un spéci-
men du talent si fin, si brillant, si varié et si ori-
ginal de Villeterque :* « ZENA, OU LA JALOUSIE ET
LE BONHEUR, RÊVE SENTIMENTAL (*Paris, Belin,*
1793, *in*-8°), *et* LES VEILLÉES D'UN MALADE, OU LA
FATALITÉ, ESSAI PHILOSOPHIQUE (*ibid., id.,* 1793,
*in*-8°). *C'est l'auteur lui-même qui nous expo-
sera le but qu'il a voulu atteindre dans ces deux
intéressants opuscules, où l'on trouve toutes les
qualités du penseur et de l'écrivain :*

« *Les ouvrages sans prétentions, dit-il, ne sont
pas quelquefois sans avantages : sous le voile léger
d'une frivolité raisonnée, l'intention utile n'échappe
pas toujours ; elle est souvent sentie par la gaieté,*

qui réfléchit même en riant, et elle arrive à l'âme sans effaroucher la sensibilité, qui veut être avertie par des exemples, et jamais par des leçons ; le langage du plaisir doit être comme celui de la sagesse, et la philosophie qui plaît est toujours celle qui persuade. »

P. L. JACOB, bibliophile.

LES

# VEILLÉES D'UN MALADE

# PRÉFACE

E fus malade l'été dernier; une fluxion de poitrine, une fièvre continuelle, et les regards tristes, les yeux mouillés, l'air inquiet de ceux qui environnaient mon lit, m'avertissaient que j'approchais du dernier instant. J'étais calme, parce que la nature, toujours bonne et prévoyante, donne aux réflexions et aux longues souffrances d'un malade le pouvoir de briser sans efforts, sans regrets et sans agitations les ressorts affaiblis de notre existence. Le sommeil de la mort commence comme celui de la vie; il n'y a de différence que le réveil.

J'écrivais encore, quand un long évanouissement interrompit un instant les

battements de mon pouls, mes sages réflexions et mes graves et utiles ouvrages.
Mes idées étaient cependant assez gaies
dans la minute même qui toucha à cette
crise : car mon médecin fit remarquer à
Claudine [1], ma garde-malade, que je
souriais ; il commençait à espérer, et moi,
je cessais de vivre.

C'était en écrivant quelques folies de ma
vie que je touchais très sérieusement aux
portes de la mort. Enfin j'arrive là... On
frappe avec ce qu'on a, et je frappais avec
ma plume, que je tenais heureusement
encore. Voilà ce qui me sauva ; on ne
m'entendit pas : les portes restèrent fer-
mées, et je vis sans douleur que ma plume
ne faisait pas plus de bruit chez les morts
que chez les vivants.

Je revins de mon évanouissement, et

---

1. Lecteur, ne riez pas de cette Claudine-là : respectez
ses soixante ans, ses torts et ses vertus ; vous les aimerez
peut-être. Puisse votre femme, votre sœur ou votre amante
ressembler à Claudine, et ne pas l'imiter !

assez tôt pour empêcher Claudine de jeter par la fenêtre tous mes papiers épars sur ma table parmi des fioles de julep et des ordonnances de médecin. Je retardai pour mes importants écrits cette chute un peu brusque. J'ose espérer que le public, toujours disposé à bien accueillir les ouvrages sérieux et utiles, voudra distinguer mes *Veillées,* et je le prie modestement de les lire deux fois, ou point du tout. J'ai quelques raisons pour lui faire cette petite invitation-là : si elles sont bonnes, il les devinera ; si elles sont mauvaises, il est inutile que je les dise.

La sensibilité, émue par des souvenirs heureux, retrouve aisément dans le passé de la vie les douces expressions d'une philosophie bienfaisante ; mais, pour en tracer les utiles leçons, l'expérience cherche dans l'avenir des couleurs plus sombres, des traits plus hardis et des succès plus durables.

Les événements très extraordinaires de

la vie de Claudine ne sont encore qu'in-
diqués dans cette première partie ; ils se
développeront avec plus d'intérêt quand
l'imagination, peut-être un peu étonnée,
apercevra le but où je voudrais arriver,
sous les détails incohérents et cependant
raisonnés d'un plan assez bizarre, dont
on jugera les défauts ou les avantages
quand on en verra le motif.

J'ai toujours été persuadé et je voudrais
prouver qu'une philosophie douce, simple, vraie, tranquille, amie de l'humanité,
qui nous console lors même qu'elle est
forcée de nous affliger ; qui du souvenir
de la veille fait l'espérance du lendemain
et quelquefois le charme de la vie ; qui
laisse apercevoir quelques idées utiles,
sérieuses, instructives, sous les apparences
réfléchies d'une frivolité qui veut plaire à
ceux qui ne verront que cette frivolité
même : je suis, dis-je, très persuadé que
cette philosophie-là peut être plus avanta-
geuse que cette métaphysique obscure,

ces sciences absurdes quand elles sortent
du cercle que la vérité trace autour d'elles,
et qui deviennent de vains systèmes quand
elles cessent d'être utiles; on ne peut les
admirer que par le désir ridicule de connaître les choses dont il suffit de savoir
douter, et de vouloir douter de celles
qu'il est aisé de connaître. Eh ! ne sait-on
pas tout, quand on sait être heureux ?

# LES VEILLÉES

## D'UN MALADE

## PREMIÈRE VEILLÉE

La nature, sage et prévoyante, accorde à tous les êtres qui souffrent un instinct pur et simple, qui les guérirait aussi bien que Boerhaave et Tissot, si la crainte de mourir ne leur donnait pas plutôt le désir d'être rassurés que celui d'être éclairés.

Dans les petites circonstances où il ne s'agit absolument que de notre santé, de notre conservation, de notre mieux-être et d'autres futilités de cette espèce, nous pourrions en savoir

presque autant que les bêtes, si nous n'avions
pas la sottise de vouloir en savoir davantage. Je
citerai en preuve tous ces animaux qui ont
aussi leurs maladies et qui en connaissent les
remèdes, sans avoir l'avantage inquiétant de
consulter le dictionnaire de médecine : ils
trouvent dans les champs l'herbe bienfaisante et
salubre que la nature leur indique. Que fe-
raient-ils du rare bonheur d'avoir des pharma-
cies où se trouvent réunis, sous des noms grecs
et latins, mille remèdes précieux, qui cependant
guérissent quelquefois aussi bien que la diète,
l'eau et le thé des montagnes ?

Oui, la médecine n'est un art que pour les
médecins. Cet axiome de raison peut s'étendre
et s'appliquer à tout ; et un malade a bien des
droits de le dire, si la vérité qui console fut toujours le produit de l'erreur qui afflige.

N'est-il pas prouvé que dans toutes les sciences il n'y a de bien connu que ce qui est inutile ?
que les études les plus approfondies n'ont pas
donné des résultats nouveaux pour le bonheur
de l'humanité ? que les hommes célèbres par
leurs découvertes scientifiques n'ont pas été
plus utiles que l'inventeur du velours ciselé et
de la broderie au métier ?

Il est possible d'assurer aussi que la petite

mesure des connaissances vraiment nécessaires
existe avant le mot technique qui les exprime, et
que, sans les académies, les systèmes et les livres,
nous pourrions savoir ce qu'il ne faut pas ignorer,
et cela tout simplement, par des réflexions sans
travail, des recherches sans soins, des observations
qui sont toujours à côté du hasard qui peut nous
en indiquer l'utilité.

Il serait aisé de démontrer, en développant
cette idée, que les plus grands physiciens, les
astronomes les plus célèbres, ont été précédés
dans la brillante carrière des découvertes par
des animaux qui ont été même au delà des bornes de la science, parce qu'elle se traîne avec
timidité sur les détails, et l'expérience de la Nature arrive hardiment aux résultats utiles.

Je ne m'aviserai pas de conclure, suivant le
système de J.-J. Rousseau, que toutes les sciences sont nuisibles, et que l'ignorance, même un
peu bête, est le souverain bien. Il y aurait de la
vanité à aller jusque-là ; c'est le dernier pas du
génie. Je dirai seulement que les sciences ont
quelques principes utiles, mais que leur célébrité
est absurde, leur perfection une chimère, et qu'il
faudrait déchirer, dans les livres destinés à nous
instruire, tout ce qui augmente l'orgueil des
hommes sans ajouter à leur bonheur, enfin tout

ce qui n'est pas une vérité, et une vérité utile.

Je vous assure, Claudine, qu'avec ce principe-là il resterait peu de chose d'une grande bibliothèque.

Arrangez le feu, Claudine ; je vais m'en rapprocher.

J'aime cette fenêtre ! je découvrais d'ici des coteaux riants, embellis par le travail, enrichis par l'espérance. Ce tableau magnifique, ouvrage des saisons, se renouvelle sans cesse pour moi ; le printemps et l'été le préparent, l'été l'embellit, l'automne l'achève...

— Et l'hiver l'efface.

— Vous avez raison, Claudine ; mais le souvenir le voit toujours ; il en jouit quand l'œil inquiet le cherche encore et ne le découvre plus. Cependant, qu'est devenu ce superbe horizon dont les couleurs brillantes annonçaient les bienfaits de la nature ; ce vert des prairies, cet azur des cieux, ces reflets du soleil, leur effet imposant et leur sublime variété ?

Les feuilles sont tombées ; tout est couvert de neige ; les vents du nord ont chassé les beaux jours, les hirondelles et les roses : le soleil paraît à peine ; il est voilé par des nuages sombres ; ses rayons sont sans couleur ; je sens encore sa douce influence, je ne vois plus sa beauté. La terre

couvre et prépare en silence ses germes productifs;
la végétation est muette, et tout est dépouillé.
Mais, après avoir remarqué très savamment et
très inutilement que par une suite du mouvement
annuel de la terre dans l'écliptique, quoique la
terre soit périhélie dans les signes boréaux, cependant nous avons le plus grand plaisir à rester
au coin du feu (car alors l'obliquité des rayons
du soleil doit entrer trois ou quatre fois dans la
cause générale du froid de l'hiver, 1° parce
qu'il tombe moins de rayons solaires sur notre
globe; 2° parce que, leur choc se faisant obli-
quement, ils contiennent plus de ce mouvement
horizontal qui n'agit pas contre l'obstacle, et
plus de rayons réfléchis qui ne sont bons à rien);
enfin, après avoir bien ou mal raisonné sur les
causes de l'hiver, pensons un peu à ses malheurs;
n'oublions pas que la bise passe à travers les
planches mal jointes de la cabane du pauvre,
trouble son sommeil, seul bonheur de l'infortuné
qui doit retrouver, en s'éveillant, ses chagrins,
ses travaux, sa misère et ses enfants.

Que ne puis-je calfeutrer son asile avec toutes
les pages inutiles du livre qui a développé avec
le plus de vérité les causes du froid! pour la
première fois la science obtiendrait la reconnaissance de la sensibilité.

—Voilà votre fauteuil, Monsieur ; voulez-vous que je vous y conduise ? Appuyez-vous sur mon bras. Vous êtes mieux aujourd'hui : cette dernière médecine vous a presque guéri.

— Je le croirais assez, Claudine, voyez, elle est encore sur la cheminée.

— Ah ! vous n'écoutez pas vos médecins !

— Parce que je veux qu'ils me guérissent.

Ah ! ma pauvre Claudine, j'ai eu si longtemps de la confiance ! et voilà comme on devient incrédule. Asseyez-vous donc ; vous savez que j'aime à causer avec vous. Quel âge avez-vous, Claudine ?

— Voilà, Monsieur, une question un peu brusque et à laquelle une vieille femme ne s'attend jamais, parce que cela lui rappelle toujours quelques regrets sans espérances ; mais, croyez-moi, à mon âge on connaît les avantages du temps, on a les souvenirs heureux d'une sensibilité éprouvée, et l'indulgente expérience qui en pardonne les torts. Il faudrait vieillir, Monsieur, pour mériter d'être jeune. Je n'ai pas toujours été garde-malade... Il fut un temps... Mais laissons cela ; il est bon d'oublier le passé, quand il n'en reste rien dans l'avenir.

— Avez-vous été jolie ?

— Oui, Monsieur, très jolie ; il m'est permis

d'en convenir, puisque j'ai cessé de l'être : j'ai été l'Iris de plus d'un poète bien tendre ; j'étais un ange, une grâce, une nymphe, une déesse : je suis une vieille garde-malade ! C'est ainsi que la fatalité se joue des belles, des amants et des hommages ; mais il faut s'en consoler : on n'échappe pas à sa destinée en voulant fuir devant elle.

— Peut-être aussi, Claudine, viendra-t-il un temps plus heureux.

— Ah ! Monsieur, je n'ai pas cru aux illusions quand je dormais ; puis-je y croire au réveil ? A mon âge, on raisonne, comment voulez-vous qu'on espère ? Mais laissons tout cela ; vous m'avez promis aujourd'hui l'histoire de Charles et de Justine.

— Claudine, tout ce que je vais vous dire ne vous paraîtra pas vraisemblable.

— Je conviens, Monsieur, qu'à mon âge on est un peu incrédule ; le doute est la raison des vieillards, et c'est le premier pas qui les sépare de la vie. Cependant, soyez tranquille, mon étonnement ne peut être égal au vôtre, quand je vous dirai... Mais il n'est pas temps encore...

— Claudine, vous avez des secrets ? Ils excitent ma curiosité, mais la confiance les attend.

— Et mon âge en efface l'intérêt, n'est-ce

pas, Monsieur? Je vais vous écouter avec bien de l'attention.

— La folie de Charles et ses malheurs trop connus dans le monde l'avaient décidé à ne plus quitter son village; il y était heureux, et il y vivait éloigné et oublié de ceux qui l'avaient plaint sans le connaître, et qui l'ont vu depuis sans le juger. Le souvenir de ses malheurs excitait la curiosité indiscrète de ces êtres inconséquents et légers qui rient de tout pour ne penser à rien, dont les réflexions et les raisonnements fatiguent la gaieté, et qui ont, sans efforts, cette heureuse insouciance dont le voile brillant et mobile ne cache à leurs yeux que les peines de la vie et ne leur en montre que les plaisirs.

— Vous avez raison, Monsieur, mais rien ne peut les consoler de ce triste bonheur-là; c'est le sommeil de la sensibilité : elle ne s'éveille que dans les larmes.

— Eh bien, Claudine, ces gens-là, indifférents sur tout ce qui ne les amuse pas, sont vains par ignorance et méchants par ennui.

Voyez Dénan : il veut persifler, raisonner, plaire..., et cependant il ne se tait jamais, il calcule ce que les autres admirent. A l'Opéra, il politique; dans un salon, il parle de batailles; il attaque, il campe dans tous les coins de la

Franconie, et malheureusement il ne décampe jamais. En vain on lui parle de toutes les belles retraites connues, il ne veut pas faire la sienne.

On est étonné que Nizincourt soit si méchant, en voici la raison : cet homme fait toujours son éloge ; et, comme le langage de la flatterie afflige son âme franche et pure, aussitôt qu'il a dit du bien de lui, il dit du mal de tout le monde.

Prudenville n'est-il pas aussi... ?

— O Dieu ! M. de Prudenville !...

— Claudine, est-il connu de vous ? Et sa femme, qu'est-elle devenue ? C'était, dit-on, une bien mauvaise tête, étourdie, folle à l'excès...

— Comme elle était malheureuse !

— Les femmes ne l'aimaient pas, parce que, séduite par la réputation de son mari déjà célèbre, elle avait voulu le devenir aussi ; mais il vient un âge où tout est oublié, et les torts et les grâces. Quand les rivalités cessent, l'amitié commence ; d'ailleurs, je suis persuadé que Mme de Prudenville est aujourd'hui aimable, simple et bonne. Vous connaissez votre sexe, Claudine ; ses fautes passées deviennent toujours des vertus.

Il faut que je vous raconte une histoire de cette femme jadis savante...

— Ce n'est pas là, Monsieur, celle que vous m'aviez promise. Mais, avant d'écouter ce que vous allez dire de M<sup>me</sup> de Prudenville, permettez-moi de vous parler de son mari, dont les torts doivent excuser ceux de son épouse infortunée, ses ridicules et ses fautes mêmes, car elle a mérité de ne pas laisser d'autres souvenirs.

— Cependant... cette Justine, dont si souvent vous faites l'éloge, était...

— Ah ! Monsieur, plaignez M<sup>me</sup> de Prudenville : tout le monde la blâme, parce que la pitié suit quelquefois la réflexion, mais la méchanceté la précède toujours. Elle eut, il est vrai, tous les travers de l'esprit, mais elle avait aussi des vertus : elle fut inconséquente par désœuvrement, légère par vanité ; elle était bonne par caractère, et étourdie par sensibilité. Ses ridicules furent sans bornes, et n'étaient pas sans excuses ; elle aima son mari, mais il la négligea dans cet âge dangereux où une femme voudrait trouver dans les soins d'un mari les attentions d'un amant. M. de Prudenville, brusque, dur, impérieux, époux inconstant et juge très sévère, a fait enfermer cette infortunée : alors, traitée sans ménagements, déshonorée sans espérance, elle s'est échappée de sa prison, et traîne, loin du monde dont elle fut si longtemps

l'idole, une existence flétrie par l'opinion, toujours si pressée de condamner les femmes quand
elles cessent d'être aimables : car le souvenir de
leurs grâces n'a jamais effacé le souvenir de
leurs torts.

M^me de Prúdenville eût été heureuse sans
remords..., ou coupable sans excuse, si son
mari n'eût été un homme sans mœurs ; et cependant ses discours respirent la vertu : on la voit
dans tout ce qu'il dit, on la cherche en vain
dans tout ce qu'il fait : il a un esprit infernal ;
il séduit, il entraîne, il persuade, et jamais son
âme froide et insouciante ne partagea la douce
et tendre émotion que souvent il inspire.

Il est bienfaisant par ostentation, et avare
par habitude ; il tue le bienfait par la reconnaissance qu'il exige et l'éclat qu'il y met. Riche,
fastueux dans ses prodigalités, il est pauvre
dans ses jouissances : sa fortune est prodigieuse,
et son luxe toujours outré paraît toujours mes-
quin, parce qu'il n'a pas ce prestige d'un cœur
bienfaisant qui donne tant de charmes à l'opu-
lence et qui la fait pardonner.

Il est en quelque sorte étranger aux éloges
même qu'il mérite assurément ; son esprit est
dans ses ouvrages, et son cœur n'y est pas : on
lit avec plaisir ce qu'il écrit, on écoute de même

ce qu'il dit, et cependant il est impossible de
l'aimer. Jamais on ne peut s'occuper de lui,
quand même on admire ses succès, ses talents
et son génie. Il séduit la sensibilité et repousse
l'amitié ; enfin il est aimé de tous ceux dont il
n'est pas l'ami...

— En vérité, Claudine, je ne puis m'empêcher de croire qu'il y a quelque apparence de
partialité dans tout cela : quel en est le motif ?

— Je vous prie d'oublier, Monsieur, ce que
je vous ai dit, jusqu'à l'instant où je pourrai
vous le rappeler. Mais vous vouliez me parler
de M^me de Prudenville ; je vous écoute.

— J'ai écrit cette aventure dans le temps où
elle faisait quelque bruit. Donnez-moi un ma-
nuscrit couvert de papier bleu qui est dans un
tiroir près de vous ; il doit être numéroté 15.
Oui, c'est cela. Lisez vous-même, Claudine, je
vous en prie.

— Ah ! Monsieur, dispensez-moi... Mais
pardonnez ce refus ; oui, je mérite... Quelle
situation !

— En vérité, Claudine, vous m'étonnez.
Mais vous excitez moins ma curiosité que vous
n'inquiétez le vif intérêt que depuis longtemps
vous m'inspirez, et que tout ce que je crois
deviner augmente encore. Vous avez la mé-

fiance du malheur, j'attends la confiance de
l'amitié, et je ne veux pas l'éloigner en vous
alarmant par des questions auxquelles vous ne
voulez pas répondre.

— La soirée est déjà avancée, Monsieur, nous
remettrons à demain les malheurs de Charles ;
voyons aujourd'hui les extravagances de M^{me} de
Prudenville.

— Je voudrais, Claudine, ne pas vous affliger...

— Eh bien, ne me contrariez pas, je commence :

## LA FEMME SAVANTE

### CONTE UN PEU VRAI.

Les femmes ! les femmes ! oui, ce sont des
êtres charmants : nos espérances, nos projets,
nos désirs, tout ce qui nous occupe, tout ce
qui nous afflige, tout ce qui nous plaît, tout
nous ramène à elles. Ce qui les intéresse, oui,
jusqu'au mal même que nous en disons, est
encore un plaisir : car, si notre méchanceté fait
quelquefois la critique de leurs torts, notre
cœur en secret fait toujours l'éloge de leurs

grâces ; le sentiment rapproche toutes les nuances, quand c'est lui qui les inspire.

Je veux d'abord vous faire connaître un peu
M^me le Voile, Ismène et Robert. Les peindre,
ce serait les nommer, et l'indiscrétion est coupable quand elle afflige. La gaieté du plaisir
doit encore avoir la délicatesse de la décence.

Le sujet de ce conte est un peu embarrassant ;
mais je n'oublierai pas que nos mœurs, trop indulgentes sur les actions, ne permettent pas
encore de tout dire. On ferme les yeux, mais
on écoute ; et l'expression doit être sévère sur
les choses mêmes qui ne le sont pas.

Commençons par M^me le Voile. Je ne sais
quel était son vrai nom ; on la nommait partout
ainsi parce qu'elle avait l'habitude de dire
toujours : *Oui, mais le voile...* On verra qu'elle
avait ses raisons pour employer souvent ce mot.
Il est vrai qu'elle s'en servait quelquefois d'une
manière qui pouvait paraître ridicule, mais
l'habitude... M^me le Voile vendait des porcelaines, et toutes ces figures, tous ces groupes
dont on garnit nos cheminées : les femmes les
aiment ; elles allaient en acheter chez M^me le
Voile, et souvent elles se plaignaient. « Vos
tasses, lui disaient-elles, sont manquées ; vos
amours sont trop chers ; vos magots sont trop

laids ; vous n'avez de jolis hommes qu'en buste.
— Mais le voile... » répondait la marchande, et
elle répondait bien, on en conviendra... quand
on saura tout..

M^me le Voile était très vieille ; elle avait été
galante, et elle était devenue... confidente :
oui, elle avait la confiance de tout le monde et
ne trompait que les hommes. Elle aimait l'intrigue, et n'avait pas assez d'esprit pour en prévoir les dangers ; elle ne voyait que le plaisir de
rassurer l'amour, ne pouvant plus le faire naître.
Les maris la nommaient aussi M^me le Voile,
mais sans savoir ce qu'ils disaient : on ignore
la valeur du mot, quand on est trompé par la
chose.

La maison de M^me le Voile était l'asile de
l'amour, du plaisir et du mystère ; les apparences étaient sauvées : le public n'avait rien à
dire, et la décence même souriait en voyant les
soins qu'on se donnait pour la tromper.

M^me le Voile avait la réputation la plus sévère et l'indulgence la plus discrète ; elle proté-
geait le bonheur, consolait l'amour, et donnait
des occasions au plaisir. Les amants séparés par
les contrariétés se retrouvaient chez elle, et l'attentive M^me le Voile leur ôtait alors le masque
gênant de la décence, pour le leur rendre quand

ils sortaient. « Soyez heureux, leur disait-elle, mais le voile... »

Elle avait un petit appartement proprement meublé, sans luxe, mais avec goût : un sopha, un lit, quelques fauteuils, deux glaces, des rideaux toujours tirés, voilà tout.

Toi que l'amour amène dans ce charmant boudoir, amant heureux ! tu viens y attendre une maîtresse adorée. Ah ! n'oublie pas que tout ce que tu vois en cet instant est consacré au plaisir. Ici, la volupté a laissé partout ses souvenirs délicieux.

Ce fauteuil déplacé et qui touche presque au sopha, laisse-le : approche, regarde, vois sur son coussin indiscret l'empreinte fugitive d'une jambe charmante ; tout atteste ici le bonheur et doit ajouter au tien.

Vois cette glace ? non... celle-ci. Tu n'aperçois plus ces tableaux heureux dont l'expression fugitive l'avait embellie ; l'amour les fit naître, le mystère les efface. De nos plaisirs image trop vraie, un souffle les détruit, mais un instant les renouvelle.

Le désordre qui règne ici..., cette rose effeuillée que tu vois à terre, ce silence même... qui a été si souvent interrompu par les doux accents du plaisir, tout doit porter dans ton

âme les souvenirs de l'amour et l'agitation de la
volupté. Tes yeux sont mouillés, ton imagination brûlante s'arrête partout... Tu vois ici les
séduisants prestiges du bonheur...

Mais parle-t-on du bonheur quand on fait un
conte?

Eh! sûrement, c'est le temps, ou jamais.

En vous disant quels étaient les meubles de
cet appartement, j'ai gauchement oublié une
toilette; c'était celle de l'amour: il y trouvait,
après quelques heures d'agitation et de délire,
l'air doux et calme de la tendre modestie; et,
sous des doigts charmants et encore bien émus,
le désordre de la volupté y reprenait bientôt les
grâces de la décence.

Je ne sais comment j'oubliais cette toilette,
car elle était aussi le prétexte de l'amour. Y
avait-il du monde dans la boutique de M<sup>me</sup> le
Voile? « Ma chère le Voile, disait-on d'une
voix toujours un peu tremblante, mon rouge
est tombé, je monte là-haut. » En vérité, je ne
conçois pas cet oubli. Les prétextes! ah! ils sont
en politique, en intrigue, et surtout en amour,
ce que les nuances sont en peinture; sans cela,
point d'accord, et l'univers ne serait qu'un sot
et sublime ouvrage, dirait Ismène...

— Ah! nous y voilà; il est temps.

— Elle était galante et bel esprit ; son imagination errante et jamais fixée lui montrait toujours l'ennui à côté du plaisir : pour varier les moyens de fuir l'un et de chercher l'autre, elle quittait ses amants sans scrupules, les reprenait sans rougir, achetait des livres, ne lisait pas, se promenait le matin, attendait le soir, et visitait souvent M^me le Voile, qui en était fatiguée : car les femmes les plus indulgentes sur les faiblesses de leur sexe pardonnent l'inconstance du sentiment et non pas celle du caprice.

Ismène était savante ou croyait l'être, ses bons amis l'en assuraient ; ils la flattaient : comment ne pas les croire ? Quand l'orgueil est tranquille, la confiance est aveugle.

On la trouvait souvent endormie près d'une table sur laquelle étaient des livres, des papiers, beaucoup de désordre. Les maladroits l'éveillaient, et comme elle était humiliée ! Eh bien, Robert ne l'éveillait jamais ; c'était un valet assez bête, que l'amour forma très vite ; il aimait Ismène... et...

— Ah ! Dieu ! que dites-vous ? Cela n'est pas possible.

— Mais attendez donc ; vous avez raison, vous qui m'interrompez ; vous avez des préjugés, des grâces, des principes et des vertus, vous les rendez aimables : Ismène ne savait que s'en plaindre, et c'est ainsi qu'on les oublie.

« Indépendance ! liberté ! » s'écriait-elle dans ses crises scientifiques. Enfin c'était un esprit fort et une femme faible. Cela se voit. Convenez au moins, Mesdames, que cela se voit partout où l'on ne vous voit pas.

Robert écoutait toujours sa maîtresse avec l'attention, avec l'air du plaisir. La vanité ne choisit pas les hommages ; elle veut les réunir, et Ismène souriait. Robert ne perdait jamais une occasion de la flatter : « Laissons-lui croire qu'elle me trompe, disait-il, elle en sera plus facile à séduire. » Ne trouvez-vous pas que l'éducation de Robert n'avance pas mal ? Ce sera bientôt un homme du monde.

Ismène avait son jour d'esprit ; les savants se rassemblaient chez elle une fois par semaine. Robert approchait les fauteuils, écoutait, apprenait quelques mots, oubliait le reste, et commençait à pouvoir parler de tout. Quelquefois on le chassait un peu durement : les beaux esprits sont si rarement d'accord ! Le désir d'être admiré ne donne pas toujours celui de plaire.

Robert sortait en disant tout bas : « Je crois que la bonté est fille de la paresse », et il s'endormait dans l'antichambre.

4

Les savants se querellent, les sots dorment ; je vais profiter de ce moment pour faire une réflexion : elle ne sera pas longue.

Il est des femmes aimables qui réunissent les grâces de leur sexe aux avantages de l'érudition dont le nôtre est si fier ; elles séduisent toujours, et n'en ont jamais le projet ; on les recherche dans la société, on les redouterait si elles n'employaient pas tout leur esprit à n'en pas montrer sans cesse : car il est à peu près prouvé que l'esprit plaît rarement ; il exige de l'attention, et on ne l'aime pas.

Ces femmes ont peut-être trop d'amour-propre, mais on ne l'aperçoit pas ; l'esprit sert à cacher les défauts et même l'indifférence dont quelquefois il est la cause, car il faut convenir que la sensibilité de l'esprit empêche souvent celle du cœur ; on est peu sensible au bonheur d'être aimé, quand on l'est trop au désir d'être aimable.

Souvent aussi elles ne saisissent avec tant d'empressement les occasions de s'instruire que parce que celle d'aimer n'est pas venue ; l'esprit a besoin d'agitations quand le cœur est trop calme : quoi qu'il en soit, j'espère qu'il est inutile de dire que ce n'est pas ces femmes-là que je peins dans *la savante à Robert.* Ismène avait tous les ridicules, comme les autres ont toutes les grâces.

On commence un peu à connaître mes personnages, et je puis, je crois, les remettre en scène.

« Vous direz tout ce que vous voudrez, disait Robert à M^{me} le Voile, mais j'aime ma maîtresse, et, si vous vouliez, je serais ce M. de Valmont qu'elle attend tous les jours. Il est savant, brutal et boiteux, voilà tout ce que je sais, et vous n'ignorez pas qu'Ismène ne l'a jamais vu.

— Mais, Robert, elle te reconnaîtra.

— On se déguise.

— Et puis il faudra parler : tu ne sais rien, et ce monsieur est un savant.

— Bon ! tout cela ne m'inquiète pas ! »

Robert avait raison, mais il ne savait pas comment. La vérité se montre aux sots, et ils réussissent ; les beaux esprits la raisonnent, et ils s'en éloignent : aussi ont-ils bien plus souvent des ridicules que des succès.

Robert sentait que, quoiqu'il ne sût rien, il pouvait faire penser qu'il était très instruit : critiquer ou se taire, voilà le secret de ceux qui lui ressemblent.

D'ailleurs, Robert connaissait sa maîtresse, il se

proposait de la flatter. Les éloges les plus fades plaisent à ceux qui croient les mériter tous, et l'amour-propre a quelquefois le bandeau du plaisir.

Robert parlait mal, et il finit par persuader M^me le Voile. Le pauvre diable désirait trop le succès pour ne pas l'espérer, et la persuasion devient quelquefois plus facile quand la confiance est extrême ; d'ailleurs, M^me le Voile n'aimait pas Ismène, qui la payait peu et l'ennuyait beaucoup ; elle était sûre aussi qu'elle n'oserait s'en plaindre, elle avait son secret.

« Comment, disait Ismène à M^me le Voile, M. de Valmont arrive demain ? ʼ

— Oui, Madame.

— Mais il ne m'a pas écrit !

— C'est parce qu'il arrive.

— Et il m'attendra chez vous ?

— Oui, Madame ; il a le plus grand désir de vous voir.

— Concevez-vous que sur la réputation seule... Car je ne l'ai jamais vu.

— Oh ! la vôtre est faite.

— Et celle de Valmont !... Ah ! ma chère le Voile, quand les savants se rencontrent, l'intimité est bientôt établie.

— Et surtout, disait tout bas M^me le Voile, quand ils se rencontrent chez moi.

— A demain.

— Oui, Madame, à onze heures.

— Adieu.

— Adieu. »

Nous sommes au lendemain.

Onze heures vont sonner ; je vois la belle savante qui achève de s'habiller : elle parcourt légèrement Pope, Rousseau, Helvétius, pour préparer la conversation qu'elle doit avoir avec son savant ; et l'Amour, qui sourit, glisse près d'elle un discours sur l'égalité des conditions.

Pendant ce temps, le bon Robert, dans l'antichambre, s'examine, s'admire, se trouve assez frais, et dans ses joues colorées par la santé voit des réponses à toutes les objections des plus fameux moralistes. « Je rirai beaucoup, disait-il, je parlerai peu ; je ne répondrai jamais à ce qu'elle dira : je ferai des questions, l'amour fera le reste. »

Je connais mille Robert. Ne douter de rien est le secret pour arriver à tout.

« Robert ! Robert ! » C'était Ismène qui l'appelait.

Je les rencontrai chez M^me le Voile à l'instant

où ils sortaient du petit appartement ; ils descendaient l'escalier : Robert était toujours Valmont ; il avait l'air très satisfait, quoiqu'un peu embarrassé. La belle savante descendait lentement ; appuyée sur le bras de son cher philosophe, elle lui disait avec ce ton de sensibilité que la volupté donne et que la coquetterie sait feindre : « Qu'il me serait doux de ne quitter jamais l'être aimable qui embellirait ma vie, qui répandrait sur tous mes instants les souvenirs du passé et l'espérance prestigieuse de l'avenir ! Qu'il me serait doux de voir s'écouler près de lui les jours comptés d'une existence, si pénible quand elle est isolée ! Mais les contrariétés naissent souvent de l'esprit même qui devrait les éloigner, des préjugés mal raisonnés, des idées fausses auxquelles on tient par l'habitude seule de s'en occuper, et les chagrins se multiplient, la vie se passe, les illusions cessent : on croit jouir du bonheur, et il échappe. »

Dans ce moment ils arrivaient au bas de l'escalier, et Ismène termina brusquement sa phrase en appelant Robert. L'imbécile, qui ne s'attendait pas à cela, oublie son rôle et répond : « Me voilà, Madame ! »

Tout est éclairci. Ismène, furieuse, veut arracher les yeux de tout le monde, casse des porcelaines, pleure, et rien ne la calme : car la vengeance est impossible, le ridicule la suit.

Tout s'apaise enfin.

« Mais comment, disait tout bas Ismène, ai-je pu tantôt me décider si vite ? Bon ! continuait-elle en souriant avec un peu de vanité, je me reconnais là : l'esprit agite la question, le caractère la termine ; le sentiment décide, quand la raison balance. D'ailleurs, tout est relatif, et, quand on voit les choses en grand, les minuties s'effacent ; la sévérité les juge de trop près, le génie ne les aperçoit pas, et le temps les efface. »

Cependant un nuage de mélancolie succéda à la douce émotion d'un instant d'amour-propre et au souvenir du plaisir. « Je vois, dit-elle en soupirant, que l'esprit qui veut raisonner les passions craint toujours la vérité, et n'écoute que l'indulgente erreur qui les pardonne. »

Cependant M^me le Voile ramassait les débris de ses porcelaines. Le mari paya les pots cassés : c'est l'usage. Robert remettait son habit de livrée, et Ismène recommandait le secret à M^me le Voile, qui lui disait : « Ah ! Madame, soyez tranquille... Le voile !... »

La belle Ismène arriva chez elle sans oser regarder Robert ; maintenant elle le voit sans colère : elle ne veut plus être une Sapho, elle

est devenue bonne femme, et même un peu
constante : car, si le bel esprit a des caprices, la
bonté n'en a pas...

— Eh bien! Claudine, qu'avez-vous donc?
Comment! vous pleurez! Traitons ceci plus
gaiement ; je veux que cette philosophie dont
vous paraissez avoir fait une étude sérieuse, en
diminuant à vos yeux l'importance de la faute
de M^me de Prudenville, vous en console : car je
vois que votre amitié pour elle l'exagère un
peu. Il faut raisonner, c'est la meilleure manière
pour sentir moins vivement, et la sensibilité du
cœur ne tient pas contre les réflexions. Essayons :
j'ai fait le mal, je veux le réparer.

. Les découvertes systématiques, mais cependant très précieuses, des profonds moralistes
amis de l'humanité, doivent servir au moins à
la consoler quelquefois, puisqu'elles l'affligent
toujours ; si elles n'avaient pas ce léger avantage, il faudrait jeter au feu des livres excellents
et sans doute utiles, puisqu'ils sont célèbres.

Écoutez-moi bien, Claudine.

Vous voyez partout des désordres affreux,
cela est vrai ; mais c'est de leurs excès que naît
cette douce harmonie si précieuse et si consolante, qui fait le bonheur de quelques-uns et

l'espérance de tous. Je ne sais pas trop ce que nous étions avant d'être ; eh ! qu'importe ? Notre globe est-il un joli petit morceau du soleil détaché par l'imprudence d'une comète, ou un petit tas de boue sorti du sein des eaux ? Ces deux hypothèses se prouvent également, puisqu'elles font naître les mêmes doutes ; mais ce n'est pas de cela qu'il s'agit, et d'ailleurs je ne tiens pas plus au meilleur système qu'à une bulle de savon, dont j'admire un instant les brillantes couleurs, qu'un souffle a fait naître et qu'un souffle détruit.

Quoi qu'il en soit, je vois sur ce globe une action et une réaction constante de bien et de mal ; j'en déplore quelquefois les effets et j'en ignore toujours les motifs. Je vois des rivières qui fertilisent leurs bords, et d'autres qui les inondent ; des volcans qui ébranlent la terre, qui la déchirent, mais pour épurer l'Océan en brûlant les matières bitumineuses et nitreuses que les pluies, les fleuves entraînent constamment dans les mers, où leur dissolution, trop longtemps retardée et souvent impossible (car elles résistent à l'action de l'air), pourrait produire des effets pestilentiels et dangereux.

Je vois l'Océan forcé de dévorer ses côtes orientales par une loi opposée au mouvement

diurne de la terre, et qui cependant en est la
preuve; mais aussi nous avons tous les matins
un vent d'Orient qui a détruit les systèmes de
Ptolémée et de Ticho-Brahé, ce qui ne laisse
pas que d'être très agréable. Ensuite, par la
même raison, la mer nous donne des îles qu'elle
reprend quelquefois; et tout cela, croyez-moi,
pour entretenir cette réciprocité douce et bienfaisante de tous les éléments.

Ici, je vois des animaux presque aussi cruels
que des hommes et qui se font une guerre
éternelle; là, de hautes montagnes dont les
glaces menaçantes doivent un jour couvrir le
globe, parce qu'il faut bien que la paix arrive.
D'ailleurs, ce dénoûment un peu froid ne doit
pas étonner ceux qui savent qu'il y a en Suisse
des vallées déjà ensevelies sous les glaces. Enfin
je vois la discorde partout; mais elle est évi-
demment nécessaire : un jour d'union, et l'univers n'est plus. Il faut absolument qu'une morale
pure, l'espérance de l'immortalité, une religion
consolante et oubliée, tous les bienfaits de la
nature, se trouvent constamment en opposition
avec l'égoïsme, l'ambition, la calomnie, la célébrité des sots, le bonheur des méchants et tous
les fléaux de la société. Je ne vois donc qu'un
cercle continuel et irrévocable de destructions

et de renaissances; d'éléments qui sortent de
leurs bornes, de désordres qui n'en ont pas;
de souvenirs et d'espérances; de folie et de
sagesse; de faiblesse et de raison. Ce cercle est
tracé et suivi, n'en doutons pas, par cette fatalité
active qui régit tout, maîtrise les éléments et
dirige les passions, donne aux astres la gravita-
tion, aux hommes la sensibilité, aux animaux la
crainte, et fait subir à tout l'univers les lois
uniformes et impérieuses du mouvement qui
crée et qui conserve.

Comment pouvez-vous être étonnée, Claudine, qu'au travers de ce chaos sublime, dans
ce torrent effrayant du passé chargé d'événements qui se précipitent dans l'avenir, la belle
M^{me} de Prudenville ait eu la petite fantaisie de
coucher avec son laquais?... Êtes-vous un peu
consolée, Claudine?

— Non, Monsieur.

— Eh bien! dormez : car le sommeil donne
tout ce que la science promet... : des rêveries et
le réveil.

Bonsoir.

———

# SECONDE VEILLÉE

NE fermez pas encore cette fenêtre, Claudine; vous savez que j'aime à jouir des derniers rayons du soleil. Enfin j'ai fini ce livre; il m'a fatigué sans m'instruire; je n'en aime que l'épigraphe : *La vérité fuit quand les systèmes commencent.* Ce sont des réflexions sur les molécules organiques, la spirale de Ticho-Brahé, l'Atlantide reculée dans le nord de l'Asie, la prédestination, la physiognomonie de Lavater, et toutes les Mille et une Nuits dont le jour n'est pas encore arrivé.

— Mais comment, Monsieur, avec cette aversion pour les sciences inutiles, êtes-vous si souvent occupé de la métaphysique, des problèmes de l'astronomie, de l'histoire des premiers siècles, et de tous les systèmes connus? Que sait-on, quand on a lu tout cela?

— On commence, Claudine, à se douter un peu qu'on n'a rien lu de ce qu'il faut savoir.

Dans ce labyrinthe scientifique il y a mille ma-
nières de s'égarer, plus sublimes et plus inutiles
les unes que les autres, et qui ont immortalisé
leurs auteurs : car l'erreur mène aussi à l'immortalité. La curiosité fut toujours plus reconnais-
sante que la raison. Un homme va tout exprès
aux Indes orientales pour en rapporter 180 ma-
nuscrits en diverses langues ; on les conserve
avec soin, mais personne ne les lit : et à quoi
tout cela nous sert-il ? Que ne rapportait-il
quelques nouvelles pommes de terre !

Un autre, en comparant les antiquités des
Chinois, des Indiens, des Chaldéens, des
Égyptiens, et les fables de leur mythologie avec
celles des nations hyperborées, en rappelant les
époques, toujours les mêmes, de leurs observations astronomiques, trouve des rapports entre
ces peuples qui ne se sont jamais communiqué ;
et, après avoir vaincu par des recherches profondes toutes les difficultés historiques qui s'oppo-
saient à son système, il prouve par des fables
que c'est dans le nord de l'Asie et dans les
glaces du Spitzberg qu'il faut chercher le ber-
ceau des sciences.

Voilà donc le résultat d'un travail étonnant et
des profondes études d'un académicien estimé !
Que ne s'est-il occupé, par des rapprochements

heureux et utiles, par des leçons de tous les
peuples et de tous les siècles, par des observations toujours précieuses quand le génie éclairé
par la raison les découvre dans la nature, de
perfectionner, ou plutôt de créer un moyen
général d'éducation qui ne pourra immortaliser
l'homme qui composera ce grand ouvrage qu'en
faisant le bonheur de tous? Car, à cet égard,
toutes les réputations de la célébrité inutile sont
achevées, il ne reste plus que celles de la bienfaisance toujours négligée, parce que les hommes oublient ceux qui les instruisent, et ne
célèbrent que ceux qui les amusent.

Les uns font des systèmes, les autres les com-
battent, et tous sont écoutés, parce qu'il faudrait
avoir vécu quelques siècles pour savoir faire
un usage convenable des quarante ou cinquante
ans accordés à la vie humaine : on ne sait pas les
employer, et nous sommes toujours, en vieillis-
sant, comme un jeune homme sans expérience
qui dissipe, sans en jouir, une fortune qu'il
croit immense. Qu'on serait heureux de vivre
avec des gens qui auraient déjà vécu au moins
deux ou trois fois! Cette espèce d'hommes serait
assurément très bonne à entendre sur les guerres
importantes qui divisent les nations, et les
sciences graves et inutiles qui les occupent : on

ne trouverait pas un Bayle, un Spinosa, un Malebranche, un Descartes, parmi ces revenants-là ; on y trouverait des hommes heureux, simples, bons, et trop instruits pour être savants.

Locke était peut-être à sa seconde existence ; à la troisième, il cultivera son champ, brûlera tous ses livres, et dira à son voisin : « Pardonne les injures, souviens-toi des bienfaits, sois bon ami, donne sans orgueil ; modère tes passions, aime Dieu, ne le prie pas, mais sois vertueux. »

Revenons à Charles. Je vous ai dit, Claudine, qu'il avait eu beaucoup à se plaindre de ses amis, mais il avait fini par les oublier ; il était heureux, et l'indulgence du bonheur n'eut jamais les souvenirs de la haine.

— Il est mort comme un sage, et il sera toujours regretté de ceux qui le connaissaient.

— Ah ! toujours ?

— Oui, Monsieur, toujours.

— Dans quel temps, Claudine, l'avez-vous connu ?

— Quand il aimait Justine... Mais je vous écoute, Monsieur, et avec bien de l'attention.

## CHARLES ET JUSTINE.

C'était en automne. L'année?... on s'en sou-
viendra. — Le jour?... c'était un jeudi. J'ai
des raisons pour me rappeler ce jour, car la
veille... Eh bien! il est encore inutile de dire
ce que je fis la veille, mais le jeudi..., neuf
heures sonnaient; je me séparai avec douleur
d'une femme que j'adorais.

Que la campagne était belle! l'espérance
était partout; elle embellissait tout. Maheureux
habitants des villes, vous étudiez froidement la
nature, le cultivateur l'admire; vous en avez
les fruits, il en a vu les fleurs; vous jouissez de
ses bienfaits, il jouit de ses charmes.

Le soleil était encore sur l'horizon, mais il
était près de le quitter; ses rayons, plus faibles
et teints de ces riches couleurs aurores et large-
ment pourprées qui terminent l'horizon dans
les beaux jours d'automne, éclairaient peu les
objets, mais ils les coloraient; et on peut, suivant la vieille expression, dire que dans cet
instant le soleil achevait de peindre la nature.

Le soleil couchant est comme le dernier adieu
d'une amante... Elle est alors si belle!

Mes yeux étaient mouillés de larmes, mais ce n'était point encore la douleur de l'absence qui les faisait couler : on est longtemps avec l'être qu'on aime, même quand on ne le voit plus.

Ce jour-là ne s'effacera jamais ; j'en parlerai avec mes souvenirs, quand il sera loin dans le passé de ma vie. La sensibilité ne vieillit pas ; elle anime et rajeunit l'existence lorsque le plaisir l'abandonne.

Serai-je toujours aimé ?

O ma raison ! ne me répondez pas. Dieu bon et prévoyant ! le bandeau d'illusions que tu plaças sur les yeux des mortels est le premier de tes bienfaits.

J'aperçus un village situé au pied d'un coteau de vignes. C'était alors le temps de la vendange ; la gaieté bruyante qui animait ce coteau, ce doux plaisir qu'on éprouve à voir des heureux, même lorsqu'on ne l'est pas ; cette disposition mélancolique qui ouvre notre âme à toutes les impressions de la sensibilité ; peut-être aussi ce besoin de s'arrêter quand on s'éloigne de l'être qu'on aime ; mille raisons que le cœur ne dit pas à l'esprit, quand le cœur est ému, me donnèrent la fantaisie de coucher dans ce village.

J'y arrivai à l'instant où les vendangeurs re-

venaient. Leur joie tumultueuse me fit oublier
ma tristesse ; je la sentis plus vivement quand
je ne les vis plus. Le repos de la douleur, ce
léger intervalle de l'imagination préoccupée,
peut la tromper un instant, mais l'augmente
toujours.

J'avais envoyé ma voiture à l'auberge, et
j'allais sans projet vers un pont que je voyais
hors du village. Je suivais un petit sentier bien
couvert, bien obscur, comme on les choisit
quand on est seul, comme on les aime quand
on est deux. J'avais déjà marché quelque temps,
lorsque j'aperçus un jeune homme qui, près de
la rivière et la tête appuyée contre un arbre,
regardait couler l'eau ; un homme qui paraissait
être un domestique était à côté de lui et semblait l'observer.

Le vêtement de ce jeune homme était négligé,
mais propre ; son mouchoir de cou était presque
défait ; son chapeau était à terre ; ses cheveux
dénoués tombaient sur ses épaules.

Le bruit que je fis en passant lui fit lever la
tête. Il était pâle, mais sa figure était douce,
et je ne fus pas effrayé quand tout à coup il
quitta sa position, vint à moi très brusquement,
et passa son bras sous le mien.

Je vis bien que sa raison était égarée.

L'homme qui l'accompagnait me dit à l'oreille :
« Monsieur, ne craignez rien ; mon pauvre
maître, M. Charles, ne vous fera pas de mal. »

Nous marchions tous trois sans rien dire, et
je considérais la physionomie calme de ce jeune
infortuné, dont la raison cependant était en
délire.

Son regard doux, son sourire tranquille, ce
silence qui reposait tous les traits aimables de
son joli visage, sa marche assurée, son maintien
simple et sans affectation, contrastaient telle-
ment avec sa situation avec moi que je ne pouvais fixer mes idées sur la réalité ou la mesure
de sa folie, et je réfléchissais.

Quel homme n'est pas plus ou moins fou ?
me disais-je tout bas. Depuis le dévot fanatique
qui passe sa vie dans le Ciel, qui attend la mort
pour vivre plus heureux, qui admire la vérité
de toutes les chimères miraculeuses dont on
berce sa stupide et vieille enfance, qui croit et
attend tout ce qu'il ne connaît pas, et ne doute
que de ce qu'il voit, jusqu'à l'athée malheureux
qui n'attend rien, ne croit rien, jouit de tout
sans le bonheur si doux d'être reconnaissant et
d'espérer; qui veut tout expliquer par des systèmes et tout détruire par des raisonnements,
et toujours voir l'instant qui finit dans celui qui

commence; depuis celui qui veut tout connaître
jusqu'à l'ignorant qui croit tout savoir; depuis
celui qui trahit celle qu'il adora, mais, disait-il,
pour mieux la mériter; qui, élevé près d'elle
chez les prêtres d'Égypte, heureux par elle, la
quitta pour devenir célèbre; prépara, par les
torts de la séduction et les indiscrétions d'une
amante, cet ouvrage sacré et sublime, où la
morale la plus pure se cache sous des absurdités
ou s'embellit encore par les vertus qu'elle inspire;
qui séduisit une partie de l'univers par sa vie,
en trompant l'autre par sa mort; dont les maxi-
mes de paix ont été les longs prétextes de
guerres cruelles, de divisions dangereuses, et
ont ensanglanté la terre qu'elles devaient éclai-
rer; jusqu'à cette tendre Maria qu'un événe-
ment tout simple rendit si malheureuse, et que
Sterne a rendue si intéressante que, depuis,
nous avons vu un ministre et un opéra-comique
obtenir, par ce touchant petit moyen-là, une
grande réputation sans doute bien méritée;
enfin, depuis le premier homme de la Genèse
jusqu'au dernier d'aujourd'hui, et depuis Socrate jusqu'à Cirano; tous les êtres qui ont
l'esprit de raisonner ou qui déraisonnent pour
avoir de l'esprit; tous, oui, tous ont plus ou
moins de cette teinte fantastique qui colore

plus vivement que la vérité et la nature, certains objets dont les courts instants de notre fugitive existence sont occupés exclusivement.

Je pourrais, par des exemples ou des citations faciles ou un développement plus étendu, prouver tout ce que je viens de dire ; mais c'est au lecteur à peindre ses idées dans le cadre qu'on lui laisse entrevoir, à remplir par ses raisonnements les vides d'un ouvrage, ces intervalles adroitement ménagés par la paresse de l'auteur, pour placer l'amour-propre de celui qui le lit, et qui juge toujours avec plus d'indulgence la réflexion indiquée que celle qui est écrite.

C'est à cette manière de lire que tient cette variété de jugements sur les mêmes ouvrages ; l'homme d'esprit y trouve les occasions d'en avoir ; le savant y découvre les traces d'une idée qui le mène à un résultat qui l'occupe ; l'ignorant y voit sa paisible oisiveté un instant amusée, au moins il change d'ennui ; un sot rit des nouvelles absurdités qu'il y trouve, car il faut bien qu'il donne ce nom à tout ce qu'il n'entend pas ; et l'auteur ne dit pas tout ce qu'il espère : car quelle est la vanité, même la plus modeste, qui a jamais osé avouer ses orgueilleuses prétentions ? Enfin je ne vois partout que des nuances de cette couleur primitive qu'on

nommera raison ou folie ; les plus vives sont
aux Petites-Maisons, les plus légères sont sous
le chaume, et les autres sont partout.

Charles versa quelques larmes qui tombèrent
sur sa main ; il les porta vivement à sa bouche,
en répétant plusieurs fois : « C'est Justine, c'est
encore Justine. Rien ne m'est si présent que
ma Justine absente. »

Il avait lu Properce.

Après un instant de silence, il s'approcha de
moi et me dit : « Vous voyez le soleil, il va
bientôt s'envelopper des crêpes du tonnerre (un
orage se préparait) ; vous les voyez qui s'amon-
cellent autour de lui, et je ne verrai plus le
tombeau harmonieux de Justine : il est au milieu
de ce soleil brillant qui éclaire les mondes et
qui semble être le sceau majestueux que Dieu
mit sur l'univers quand il l'eut créé. Ses rayons
étaient l'âme de Justine. On entend quelquefois... Cela doit être ; tout ce qui est parfait...
Écoutez. »

En même temps il étendit la main vers le
soleil, et il semblait prêter l'oreille avec l'attention
la plus recueillie ; son corps, balancé par un
mouvement égal et doux, semblait suivre une
mesure qu'il entendait ; ses yeux étaient pleins
de larmes, et l'expression du plaisir les arrêtait.

Et moi, je pensais, en regardant Charles, que l'amour est comme la religion ; il commence par l'enthousiasme ou la reconnaissance, et finit par l'idolâtrie : tous deux ont quelquefois de bien consolantes erreurs.

Dans ce moment, un nuage couvrit le soleil ; Charles regardait encore. Quelques minutes après, il me dit : « Que faisons-nous ici ? » Nous continuâmes à marcher.

Je ne sais pourquoi, agité par tous les sentiments qu'un semblable spectacle doit faire naître, je ne démêlais bien parfaitement que celui de la pitié froide et pénible. L'état de Charles m'étonnait, et ne m'intéressait pas comme celui d'un pauvre que je vois environné de ses enfants ; cependant, ce pauvre n'a rien perdu ; il a l'habitude de sa situation, et ceux qui le plaignent en ont seuls le sentiment. Charles, au contraire, a vu se briser autour de lui tous les liens du bonheur ; il ne tient à rien, pas même à la vie... Il en a perdu la vérité : son existence est pour lui une illusion, une erreur ; il est trompé par tout ce qu'il voit, par tout ce qu'il sent, par tout ce qu'il dit.

Je le plaignais ; cependant mon imagination était émue, et ma sensibilité ne l'était pas.

« Qu'avez-vous donc, Charles ? » lui dis-je.

Je le voyais sourire ; ensuite il appuyait ses
mains sur son front avec un mouvement très vif
d'inquiétude et de douleur. Tout cela m'affli-
geait et ne m'étonnait pas. Les souvenirs d'un
bonheur qui n'est plus arrivent à l'âme avec
le plaisir et l'agitent avec la douleur.

Quand les pensées viennent d'un cœur en
délire, les sentiments ont quelquefois les souvenirs de la raison, mais les expressions n'en
ont jamais la mesure.

Charles me regarda, et me dit d'un ton doux
et passionné : « Des montagnes, des villes, des
mondes sont entre toi et moi, ô ma Justine ! et
tout cela est sur mon cœur... La mélancolie de
l'absence répand sur tout ce qui l'environne
cette teinte uniforme et nébuleuse qui efface
tous les objets présents ; l'âme recule dans le
passé..., elle y trouve la vie et le bonheur.
Oh ! moi, moi !... je reste dans le passé..., j'y
revois Justine. Que le temps marche, qu'il
vieillisse, qu'il détruise, qu'il renouvelle, qu'il
entraîne les siècles ! jamais mes souvenirs. Te
souviens-tu, Justine, de cette pauvre femme
qui pleurait, un soir, sur le seuil de sa porte ?
Nous l'abordâmes. Entends-tu sa voix émue ?
Ton bras pressait le mien. Comme tu étais belle !
La lune argentait tes vêtements ; elle éclairait ta

taille élégante : tu te baissais pour écouter...
Nous secourûmes cette bonne femme, nous la
consolâmes. Elle nous donna des roses... Je
les effeuillai sur ton lit..., ô Justine ! tes lèvres...
Partout des roses. Le nuage du bonheur était
sur nos yeux ; il nous environna. Ensuite...,
longtemps après, n'est-ce pas, Justine ? le Sommeil vint, en agitant son aile douce sur nos
paupières, nous dire : « Les lendemains de la
bienfaisance ont toujours des réveils heureux. »

Après un instant de silence, il reprit mon
bras ; nous approchions du village.

« O ma Justine ! s'écria Charles, je t'aimerai
toujours ; oui, toujours. Quand tu vivais,
chacun de mes instants était une vie heureuse,
et aujourd'hui... »

Il se taisait.

Je ne savais que lui dire ; il est si difficile de
se mettre au niveau d'un homme agité jusqu'au
délire ! L'exagération même lui paraît froide,
quand elle n'a pas la cause qui l'émeut.

Je lui parlai de mon voyage, du hasard qui
m'avait amené près de lui. Il me regardait.
Enfin, s'approchant très près de moi, il me dit :

« Et moi aussi, je voyage depuis longtemps ;
ce voyage finira, c'est celui de ma vie. Où
arrive-t-on ? et qu'importe ? Mon guide sait où

7

je vais ; c'est Dieu. On ne nie l'existence de ce
guide-là que lorsqu'on la redoute. Marc-Aurèle
aimait à y croire, Néron voulait en douter : le
premier athée fut un scélérat qui craignait un
témoin. Doux voyage de la vie ! ô mes amis !
voyez le plaisir, l'amour, le bonheur : ils arrivent
de tous côtés, ils jettent des fleurs sur la route.
N'allez donc pas si vite ; où courez-vous ? ce que
vous cherchez est où vous êtes. Je faisais comme
vous ; alors l'imagination ne laissait pas une
espérance au désir, et le souvenir ne me suivait
pas... Le chemin disparaissait. Voyez donc ces
arbres qui le bordent, voyez comme ils sem-
blent rétrograder pour le voyageur trop pressé
qui ne veut qu'arriver, sans jouir du voyage.
Eh bien ! voilà la leçon de la vie ; elle s'échappe
de même. Quand je courais ainsi, j'apercevais
à peine quelques fleurs, dont les couleurs plus
frappantes fixaient un instant ma vue. Maintenant, une rose est là..., je l'admire. Une fleur
des champs est à côté, je la vois. O Justine ! tu
n'es plus..., je ne vois que des cyprès !

— Le délire de l'esprit, me disais-je, peut
donc être quelquefois la leçon de la sagesse ; les
extrèmes se touchent, et l'intervalle...

— Point d'intervalle ! » s'écria Charles, qui
m'avait entendu.

Ses yeux étaient étincelants, ses regards ffxes, tous les muscles de son visage dans une agitation effrayante, ses veines gonflées ; je ne le reconnaissais pas.

« Non, point ! continua-t-il. Esprit vivifiant ! âme des mondes ! feu créateur que la nature répandit sur tous ses ouvrages ! vous êtes partout : un chêne, un ours, Fénelon, Socrate, une chèvre, un palmier, une mouche, une laitue, sont sur la même tablette dans l'atelier de la nature : j'en sors... J'y ai vu les commencements de ses œuvres ; on les juge mal quand ils sont finis, et l'ensemble alors en impose sur les détails. Oui, la faculté active qui faisait pleurer César aux pieds de la statue d'Alexandre, celle qui animait le peintre de la tendre La Vallière ou l'auteur de la *Henriade,* n'est pas autre que celle qui fait soulever un fardeau par un portefaix, ou celle qui nous donne des melons, des cerises, des artichauts ou des enfants. Hommes de génie ! vous pouviez être des sots, des bananiers ou des huîtres. Le hasard seul..., cette fatalité qui... »

Nous étions dans le village. Charles fut interrompu ; je l'écoutais avec douleur, car ses erreurs m'affligeaient presque autant que son délire.

Dans ce moment nous passions près d'une grange ; on riait, on chantait. Nous entrâmes.

Cette grange était remplie de vendangeurs
et de vendangeuses qui oubliaient en dansant
les fatigues de la journée. Le plaisir et la gaieté
sont le repos des heureux villageois. Une jeune
fille chantait, et on dansait en rond. Nous nous
étions un peu éloignés pour éviter les coups de
pieds, et, sans nous en apercevoir, nous nous
étions trop approchés d'un endroit assez sombre,
où je vis (Charles n'y fit pas attention, il était
occupé des danseurs) un jeune paysan qui pressait
vivement sa douce et fraîche amie; ils ne nous
aperçurent pas, ils ne voyaient qu'eux. Pour
les amants heureux, l'obscurité ne cache que les
importuns.

Je ne sais ce qu'il demandait; mais je l'en-
tendais qui, d'un ton vif et suppliant, disait:
*Aujourd'hui*. Et la petite lui répondait bien
doucement: *Dimanche*. Ils répétèrent ces deux
mots avec quelques différences, mais toujours
avec la même expression.

Tout à coup le jeune homme aperçoit dans
un coin de la grange un berger et une bergère
qui, vraisemblablement pour ne pas être enten-
dus, se parlaient très bas, ou au moins de très
près, car leurs visages paraissaient se toucher,
peut-être même... Mais doit-on dire ce qu'on
croit voir, quand on ne doit pas dire ce qu'on voit?

« Ah ! regarde donc là-bas ! » dit-il à la petite paysanne.

Je regardai aussi. Je ne sais si nous pensâmes tous trois la même chose ; mais, si l'impression fut perdue pour moi, elle ne le fut pas pour eux, et l'exemple fit sur la jolie petite de *dimanche* l'effet que son amant éprouvait *aujourd'hui*.

L'exemple, au village comme à la ville, est l'éloquence de l'amour et du plaisir ; c'est ainsi que souvent ils persuadent.

Je vis mes deux amants qui s'éloignaient... Bientôt je ne les vis plus.

Je fis pour eux tous les vœux du bonheur et quelques réflexions sur le danger de l'exemple : car, me disais-je, sans cet autre coin de la grange, la destinée, qui voit les heureux qu'elle fait, en aurait, ce jeudi-là, vu deux de moins. Pères, époux, amants, songez au danger de l'exemple. Pas une femme peut-être n'a cédé sans se dire : « Je ne suis pas la seule ! » et puis elle comptait tout bas celles qui pouvaient en avoir dit autant, et l'amant était là... aux genoux, bien pressant. Et le compte finissait par elle.

O gens de bien ! ne grondons que la première femme qui fut *comptée* : elle fut cause qu'il y en eut deux, bientôt plus, bientôt....

O femmes! je ne vous accuse point; j'ai passé mes beaux jours à adorer vos défauts. J'ai trente-quatre ans, et j'aurai trop tôt le chagrin d'admirer vos vertus. Si quelques douces espérances retardent encore pour moi le froid réveil de l'expérience, je les dois toutes à vos aimables torts, et voilà comme vous embellissez l'avenir même qu'on ne doit pas avoir.

Ah! croyez-moi, si l'amour est l'écueil de la raison, il en est aussi l'oracle, et la sagesse même doit le consulter. Craignez l'habitude; elle détruit chaque jour ces affections vives qui font naître dans une âme brûlante ce besoin constant d'une émotion nouvelle. Soyez inconstantes et jamais infidèles : une femme s'avilit en trompant celui qu'elle aimait, elle s'embellit encore en le quittant. Je ne parle pas de vous, êtres heureux et indépendants, qui n'êtes pas sous la tutelle attentive et nécessaire de la société, ou des maris, ou des parents; enfin, de vous, qui pouvez aimer sans affliger personne. Ah! c'est pour vous que la constance est une vertu, puisqu'elle est un bonheur.

Mais vous, qui êtes épouses et mères, craignez ces longues amours qui commencent toujours bien et finissent toujours mal. Le mystère pendant quelque temps couvre le plaisir de son

voile charmant, que la décence soutient, et que
l'imprudence ou la jalousie déchirent souvent
par leurs éclats indiscrets.

Que de maris tranquilles, si les femmes n'a-
vaient pas cette vanité de constance qui n'est pas
la preuve de l'amour ! car la triste et languissante
habitude n'a-t-elle pas aussi sa constance ?

Sans doute il serait plus convenable de n'aimer
que son époux ; mais, s'il est à peu près reconnu
que les femmes les plus persuadées de cette
vérité-là l'oublient cependant tout comme si
elles en doutaient, je crois qu'on ne regardera
pas comme l'ennemi des mœurs celui qui prêche
la décence, qui, à la vérité, ne sauve pas les
maris, mais qui peut au moins les rassurer.

J'ai vu des amants jaloux des malheureux
époux de celles qu'ils aimaient : cela est un peu
fort, et cependant presque toutes les liaisons
finissent par là. On ne s'en tient jamais à la
première capitulation, et l'amour qui se lasse
d'être heureux, ne se lasse pas d'être exigeant,
capricieux ; il faut qu'il ait des torts, quand il
n'a plus de désirs.

On doit dire à celles qui, sous la surveillance
de l'hymen, veulent encore s'exposer à la
tyrannie de l'amour : « Soyez donc prudemment
inconstantes, puisque vous ne pouvez être con-

stamment sages. » Je sais que, pour être ap-
prouvé, il faudrait s'écrier : « Soyez toujours
ce que vous êtes... L'amour est une horreur, la
fidélité conjugale est admirable et toujours
respectée : on doit brûler vives toutes celles qui
s'aviseront d'avoir un tort. » — « Voilà, dirait-on,
l'apôtre des mœurs. Que de vertus! l'excellent
livre ! » Eh ! bonnes gens ! vous ne savez donc
pas encore qu'il est plus aisé d'être sévère que
d'être juste?

Et la jalousie !... Vous ignorez donc aussi
que plus elle est injuste, et plus elle est indiscrète et tyrannique. La jalousie a fait le malheur
des plus heureux instants de ma vie.

Je la connais, cette cruelle passion ; elle est
absurde et nécessaire, dangereuse et inévitable ;
le sot la méprise, et le sage en gémit.

L'amour de soi et la vanité ont fait, de cet
instinct de jalousie qui est inné, antérieur à
tout, le motif de toutes nos actions, de toutes
nos vertus, de toutes nos espérances; l'ascendant
impérieux qui nous subjugue, qui nous dirige;
l'inquiétude qui nous agite et nous alarme ; le
charme qui nous console ; le tourment et le
bonheur de la vie : l'amour de soi, dis-je, et la
vanité, ont fait de ce jaloux instinct le lien et
l'effroi de la société.

Sans la jalousie, je ne vois plus l'amour, la reconnaissance, le désir de plaire, celui d'être considéré, la tendresse paternelle, les passions sublimes et respectables, les belles actions, la gloire. Tout languit, et le vaisseau de la vie, sur une mer sans orages, sans espérances, ne va plus, n'arrive plus. Tout meurt, tout s'anéantit. Et le calme a détruit le bonheur.

On veut être heureux, aimé, préféré, considéré, cité, cela est tout simple. Eh bien, voilà la jalousie, et conséquemment la haine, les duels, l'ambition, les modes, le pouvoir de l'opinion, les assassinats, les sermons de Bourdaloue, les romans, Machiavel, la mort de Zaïre, le traité de Westphalie, le conseil d'Arie à Pétus, les souliers à la poulaine, les croisades, les fables, la flatterie, la guerre, les Dialogues de Lucien et les visites du premier jour de l'an. J'ai fait le panégyrique de la jalousie, et tout ce que je viens de dire est le résumé très réfléchi, le plan, la division et la conclusion de ce discours, ou plutôt de cet éloge. J'espère que les vérités profondes que j'y développe contribueront à l'histoire de la philosophie et des sciences; mais, pour les rendre utiles, il ne suffit pas qu'on les raisonne, il faut encore qu'on puisse en rire. La gaieté peut être très sérieuse-

ment occupée des grands objets de la raison,
et je vais vous raconter une extravagance de
jalousie qui prouvera tout ce que j'ai dit et tout
ce que je dirai...

— Est-ce encore un conte, Monsieur?

— Eh! sûrement, Claudine! Aujourd'hui
c'est un conte, et demain c'est un fait. Voilà les
passions.

— Et Charles?

— Laissons-le dans la grange encore quelques instants, Claudine. En vous parlant d'Émilie, je crois encore vous parler de lui, car elle
ressemblait étonnamment à sa Justine, et cela
seul m'attachait à elle [1].

Émilie était belle; elle avait de l'esprit, des
grâces, elle avait tout, car elle m'aimait, et je

---

[1]. J'ai écrit cette grave anecdote il y a quelque
temps : elle a déjà paru; mais on ne peut répéter trop
souvent les leçons sérieuses. D'ailleurs, la même philosophie, ce seul système que la sensibilité approuve, que
la raison médite en souriant; enfin cette profonde logi-
que qu'on doit apercevoir dans mes utiles et très sages
écrits en fut aussi le motif. Les gens du monde n'y vi-
rent qu'une plaisanterie de société; et voilà comme ils
ont jugé Nicole, Mesmer et Pascal : je vous dis que cela
fait frémir. O raison! ô mœurs! ô sciences! ô folie!

l'adorais. L'habitude du bonheur augmentait mon amour : c'est toujours ce qu'elle fait, quand elle ne l'éteint pas.

Je ne sais combien cela dura; je jouissais du temps, je ne le calculais pas, et le souvenir l'oublie; il a bien d'autres choses à rappeler. Je sortais de chez elle; trois heures venaient de sonner, et le jour ne paraissait pas encore. Le ciel était beau, le temps doux; je ne rentrai pas chez moi et je me promenai.

Le silence, les réflexions de la nuit, les souvenirs voluptueux qui m'agitaient encore, rendirent mes pensées tumultueuses; bientôt elles n'eurent pas le sens commun, et la vanité parlait plus haut que l'amour : elle me dit que je ne pouvais compter sur le cœur de ma maîtresse, puisque je n'avais point de rival : il en faut un pour l'éprouver, mais qui? Je marchais à grands pas pour chercher un rival, et je me trouvai... Oui, moi. Ce moyen, me dis-je, peut tranquilliser mon amour-propre et ne l'affligera point.

Mais comment me déguiser? Autres réflexions, autres sottises. Tous les vêtements que j'imaginais ne me cachaient point assez : celui d'un bénédictin me vint à la pensée. J'extravaguais... je le choisis. J'aurais bien dû prévoir ce qui en arriverait.

Me voilà, dès le lendemain, déguisé en moine.
Voilà une histoire faite, un prétexte imaginé,
et me voilà chez Émilie, sous le costume du
bon saint Benoît, avec plus de recherches peut-
être. Les premiers jours, je parlai des mœurs,
j'en dis du mal, et ensuite je les excusai.

Je parlai de l'amour; j'en prêchais les dangers, mais j'en peignais les plaisirs...; et le
peintre sensible faisait oublier le prédicateur
sévère.

J'avais le ton du sentiment; et le froc, ce
chien de froc, ajoutait à ce que je disais une
expression si persuasive que je voyais les beaux
yeux d'Émilie étonnée chercher à démêler dans
les miens la cause de ce qu'elle éprouvait en
m'écoutant.

Je tremblai; je sentis que tout était dit, et
qu'Émilie était séduite; le dépit me fit aller
plus loin, et je voulus voir ce que tout cela
deviendrait. Je méprisais l'inconstance d'Émilie,
et je voulus la punir. Folie de jeune homme!
pourquoi se fâcher de ce qu'on devrait prévoir?
La constance est une heureuse chimère pour
tout le monde, mais elle est le chagrin des gens
sensibles: il faut tâcher d'y croire pour être
plus aimable, il faut en douter pour être plus
heureux.

Enfin, pour terminer mon histoire, je proposai (toujours en bénédictin) à la belle Émilie de m'accorder une nuit.

Émilie hésitait. Son seul embarras était de m'éloigner, car elle aimait le bénédictin.

Je voyais tout cela, et le feu de la colère qu'elle remarquait dans mes yeux, l'incertitude qui agitait les muscles de mon visage, mon air inquiet, augmentaient encore son amour en lui persuadant la violence de celui qu'elle me supposait.

Enfin elle prononça ce fatal *oui*.

L'enfer avait parlé ; le tonnerre m'avait écrasé ; j'étais furieux : je me contins. Je parlai avec un peu de désordre, elle le prit pour celui du plaisir et m'en sut gré ; je sortis en lui disant : « A minuit je serai chez vous. »

Tout était fini ; ma résolution prononcée, mon amour éteint ; cependant je regrettais Émilie. Comment, disais-je, peut-elle m'abandonner pour un moine ? Oui... mais... ce moine était moi. Ce moi consola un peu ma vanité, et, tout en grondant, me voilà sous la fenêtre d'Émilie. Minuit sonne : on ouvre, et je monte.

J'avais la tête cachée dans mon capuchon de bénédictin, et j'étais enveloppé jusqu'au nez par un grand manteau noir que je ne quittai

pas en entrant. Je fis, sans dire un mot, tout le
tour de l'appartement de ma belle ; je voyais
partout les souvenirs de mon bonheur passé ;
je voyais aussi le sopha qui m'attendait, *moi*,
heureux rival de moi-même.

Émilie était mise avec une élégance qu'elle
n'avait plus depuis longtemps. Les femmes oublient trop tôt ces recherches délicates des premiers jours : l'habitude leur ôte jusqu'à l'aimable coquetterie que l'amour permet et qui les
embellit, en les renouvelant. On peut cesser
bientôt de plaire quand on en néglige les
moyens, et ce sont ces légers oublis de l'habitude qui causent le plus souvent l'inconstance.

Je regardai Émilie avec une gravité qui
d'abord l'étonna, et finit par l'embarrasser ;
cependant elle se rassura, et me dit en riant:
« Que signifie cette procession, mon très révé-
rend père, mon grave prédicateur? — O femme !
m'écriai-je, Émilie ! vous êtes un monstre, un
démon, une perfide, une... » A l'instant je jetai
mon manteau et je parus en uniforme ; mais
j'oubliai d'ôter mon capuchon de bénédictin.
Émilie, pétrifiée, ne me regardait pas ; elle se
cachait le visage avec ses deux mains ; et moi,
je crois que j'allais la battre, quand je m'aperçus
dans une glace qui était devant moi.

Jamais un éclat de rire aussi fort et aussi long ne termina une scène plus absurde ; je crus que j'étoufferais. Enfin, il cessa. Mon accoutrement ridicule me rappela ma sottise ; je sentis que je méritais ce qui m'arrivait, et que dans ma dis-grâce je n'avais à me plaindre que de l'avantage que j'avais eu sur moi : cette rivalité est la seule que l'amour-propre permette et qui puisse con-soler l'amour. Charles ne fut pas aussi heureux, et...

— Un moment, Monsieur ; un malade ne doit pas parler aussi longtemps : vous avez laissé Charles dans la grange avec vos gais villageois ; eh bien, il y restera jusqu'à demain, il faut qu'il ait cette complaisance pour votre santé. Savez-vous qu'il est près de minuit ? et votre médecin vous défend d'être occupé si longtemps.

— Ah ! Claudine, on l'est bien davantage en ne faisant rien ; l'imagination fixée se repose en parlant du passé, ce n'est que l'avenir qui la fatigue. Par cette raison, les ouvrages frivoles sont les meilleurs des ouvrages inutilement sa-vants ; les gens sensés préfèrent *Parapilla,* que tout le monde a lu, à l'*Harmonie préétablie,* de Leibnitz, que si peu de personnes se donnent la peine de lire. Les doutes aigrissent la sensibilité ;

ils dévorent le temps, et la gaieté l'embellit encore, même sans les mensonges heureux de l'espérance.

Je ne connais qu'un seul livre utile, quoiqu'il soit savamment écrit, rempli de recherches profondes, de réflexions nourries et de vues bienfaisantes et sages ; tous les hommes devraient lire ce livre, parce que tous y trouveraient cette douce philanthropie qui dit ce qui est utile, fait aimer ce qui est juste, afflige par les vérités d'un moment, console par celles de tous les siècles. Tout y est peint avec la chaleur du génie, et l'expression calme et profonde de la sensibilité éclairée. Mais c'est dans le silence de la méditation, et non dans les bavardages de la frivolité qu'il est permis d'admirer cet homme immortel : les savants n'osent en parler, et c'est par orgueil, parce qu'il détruit des systèmes compliqués, et les remplace par des raisonnements simples ; presque tous ont senti qu'ils seraient bientôt oubliés, si celui-là ne l'était pas ; mais il aura, dans tous ses ouvrages, l'avantage rare d'être vrai sans ostentation, savant sans pédanterie, profond sans charlatanisme, simple sans obscurité, grand sans orgueil, et toujours lui-même quand il peint les hommes comme ils devraient être.

Que de gens l'ont déchiré avec bruit, avec acharnement, en l'admirant tout bas avec un enthousiasme désolant! Il ne faut pas s'en étonner : on critique toujours ce qu'on est forcé d'applaudir. La bonne humanité veut conserver cette petite jouissance-là. On peut être certain qu'après l'esprit de bien juger un ouvrage, ce qu'il y a au monde de plus rare, c'est le plaisir réel de convenir qu'il est bien. Bonsoir, Claudine; pensez à Charles, à Ismène, à Émilie; demain vous ne penserez qu'à Justine.

— O fatalité inconcevable! je ne puis m'empêcher d'en rire.

— Eh bien! Claudine, que signifie cette bizarre exclamation et cette gaieté subite et folle?

— Que diriez-vous, Monsieur, d'une femme qui a été successivement tendre, romanesque, étourdie, prude, maçon, valet de chambre, précepteur, bonne femme, veuve, membre d'une académie, maître d'école dans un village, haute et puissante dame, aimable, galante... enfin... Bonsoir, Monsieur; minuit vient de sonner.

— Écoutez donc! Revenez! Un moment!

— Demain, Monsieur, demain.

9

# TROISIÈME VEILLÉE

Vos raisonnements, Claudine, sont bien pressants, ils ne persuadent pas. Comment se peut-il que toutes les recherches de l'esprit, que des études trop sérieuses peut-être, ne vous aient servi qu'à motiver vos étourderies? Comment se peut-il que la vertu qui vous condamne soit aussi votre excuse? Et puis-je croire que Clarke, Shaftesbury, Cudworth, etc., etc., aient produit le même effet sur votre ardente imagination que la lecture si dangereuse des romans qui égarent la sensibilité? Je ne vois pas les rapports qui peuvent exister entre les modalités de Spinosa, ou les natures plastiques, et les tendres sollicitations ou les baisers d'un amant. Je conçois qu'il est dangereux de répéter tous ces principes erronés qui jettent le voile des discussions métaphysiques sur les objets de nos respects, les vertus, les sentiments, et quelquefois les devoirs. Je suis perſuadé qu'il ne faut pas vouloir trop fixer ses idées sur la définition exacte d'un mot dont la sensibilité seule doit nous donner la valeur, et que celui qui veut connaître Dieu finit par en douter, comme aussi celle qui raisonne sur la vertu finit par l'oublier. Cependant il me semble qu'une jolie femme peut très bien méditer sur les ouvrages de Collins sans devenir athée, et lire Sextus Empiricus sans passer sa vie, dans son boudoir, à faire des expériences réitérées pour s'assurer *de l'existence réelle de la substance et des modes de différents objets.*

Quant à la fatalité, je crois, ma chère Claudine, qu'il vous a été plus facile de faire de ce principe absurde l'excuse très consolante de vos aimables fautes qu'il ne vous le sera de prouver qu'il en a été la cause. Je vous dirai même que, quoique je sois étonné de retrouver en vous cette M^me Prudenville si malheureuse et si célèbre, cette Émilie qui eut tous les torts et tous les charmes de la sensibilité, je n'en croirai pas davantage à cette prétendu fatalité qui donne des rendez-vous, détruit les empires, désole les maris, dirige l'univers et préside aux boudoirs. Vous êtes surprise d'avoir entendu raconter de suite deux époques de votre vie, et vous dites encore : « O fatalité ! » Cependant cela

n'est pas assez extraordinaire pour recourir à
cette implacable destinée que vous voulez absolument voir dans tous vos torts, et qui n'en
fut la cause affligeante que pour en être aujourd'hui la consolation. Nous verrons que, si
cette multiplicité d'événements, cette affligeante
bizarrerie de votre orageuse existence, ne vient
pas tout simplement de l'orgueil qui est la
source de toutes les passions, elle naît de la
curiosité qui cherche des événements, de l'imagination émue qui veut des plaisirs, et de cette
douce et constante indulgence de l'esprit qui
trouve toujours des torts à la raison, quand il
veut en éviter les contrariétés.

Pardonnez, Claudine, le ton sérieux de mes
doutes ; je suis trop affligé de vos malheurs
pour vous les pardonner, et même pour vous
croire ; je retarde au moins cette désolante
conviction : il me semble qu'en la repoussant,
je vous éloigne un peu de vos chagrins. Cependant je veux les connaître : ce que vous m'an-
nonçâtes hier en me quittant et ce que vous
m'avez dit aujourd'hui me donnent le désir
d'entendre vos étonnantes aventures, et j'espère
que vous voudrez bien vous rappeler que vous
m'avez promis de me les raconter, quand je
vous aurais dit la suite de celles de ce Charles

que vous avez tant aimé. Pour ne pas les attendre
longtemps, je continue et j'abrège.

Charles regardait toujours les vendangeurs
qui dansaient; je ne voyais plus rien. Je lui
conseillai d'aller chez lui; il y consentit: nous
partîmes, et nous arrivons.

Une jeune femme vint à nous avec empressement; sa figure était presque entièrement cachée par un large ruban noir, qui couvrait un
de ses grands yeux bleus. Une femme qui n'est
que belle a le premier moment, et souvent n'a
que celui-là; Justine les avait tous. Justine!
oui, c'était elle-même, mais Charles l'igno-
rait.

L'habitude détruit l'amour quand il n'est
qu'un prestige, un mensonge, et Justine sédui-
sait avec la vérité de tout ce qu'on aime. Sa
physionomie était intéressante comme son âme;
elle avait ce je ne sais quoi dont les amants,
les hommes de génie, les peintres, parlent sans
le définir, les sots sans le connaître, les fats
sans y croire. La sensibilité le donne, l'amour
en a la durée, l'indifférence même en accorde
quelquefois les grâces aux femmes aimables;
mais les femmes aimées en ont toujours les
charmes. Un amant croit l'exprimer en disant à

sa bien-aimée : *C'est toi*. Toute la terre aurait dit à Justine : *C'est toi*. On a vu avec plaisir des femmes jolies comme Justine ; on voyait Justine avec enchantement. Elle n'était pas belle comme tout ce qu'on admire, mais elle était bien mieux. Elle était mise souvent avec recherche, toujours avec goût, quelquefois avec cette simplicité que les Grâces doivent aimer, parce que la simplicité en est une. Une robe blanche, avec une ceinture bleu foncé, sur laquelle flottaient ses beaux cheveux blonds ; un grand chapeau noir : voilà l'ajustement de Justine, le jour où je la vis pour la première fois. Les nuances échappent à l'indifférence, le sentiment les rappelle : on aime à tout dire quand on parle de ce qui plaît ; on ne laisse rien à deviner quand on sait tout sentir, et voilà pourquoi les amants sont quelquefois si ennuyeux.

« Ah ! Charles, dit-elle, vous avez été bien longtemps absent !

— Bonne, lui répondit-il, ne gronde pas. »

Puis, s'approchant d'elle : « Entends-tu ? quel bruit (c'était le tonnerre) ! Le désespoir est dans ces gros nuages... Dieu n'est plus heureux. Justine aurait-elle quitté le Ciel ?

« Moi, continua-t-il après un instant de silence, j'aime le tonnerre, il me repose. Regardez (il montrait l'orage), tout cela est dans mon cœur. »

Il alla se placer auprès de la fenêtre, la tête appuyée sur ses deux mains, et il y resta long-temps sans changer d'attitude.

Cependant je parlais de ses malheurs à la belle Justine, et mon attendrissement faisait naître sa confiance. Je lui dis que j'avais aussi mes peines, et que je venais, ce jour même, de quitter une femme que j'adorais. « Ah ! vous aimez ? s'écria Justine : puisse ce sentiment !... » Elle s'arrêta, elle hésita ; mais nos âmes s'étaient déjà rencontrées. Il faut des qualités pour mé-riter la confiance ; la sensibilité les promet et semble les accorder à ceux qu'on ne connaît que par elle : si les années assurent la confiance, souvent un instant la fait naître.

J'étais déjà l'ami de Justine ; je croyais l'avoir toujours été.

« Il serait trop long, me dit-elle, de vous raconter les doux et pénibles détails de la vie de Charles et de la mienne. Vous saurez seule-ment que nous nous aimions dès l'enfance. Contrariés par nos familles, que des intérêts opposés divisaient depuis longtemps, un mariage secret nous unit. Nos parents se réconcilieront, disions-nous ; notre bonheur même deviendra pour eux un motif de raccommodement.

« Fatale imprudence ! raisonnement du délire ! est-ce en s'abandonnant aux vents qu'on arrive plus tôt au port ? Les contrariétés inséparables d'un état nouveau et point avoué, sans affaiblir notre amour, diminuaient notre bonheur. Eh ! qu'est-ce que le bonheur qu'on goûte en hésitant ? C'est le rêve enchanté de quelques minutes ; hélas ! le réveil inquiet occupe les heures, ces heures si longues de la dissimulation et du mystère.

« Nous fûmes séparés. La famille de Charles employa la violence. O nuit affreuse, dont les ombres, l'obscurité effrayante, les voiles douloureux, sont restés sur la raison de mon malheureux Charles !.

« Dans le tumulte de cette nuit, Charles me blessa, en voulant me défendre.

« Il crut m'avoir tuée, et il tomba évanoui. Ma blessure était légère : on m'emmena sans me laisser le temps d'avertir Charles, et depuis, je fus constamment enfermée et veillée. Enfin, je ne pus même lui écrire. Charles ne douta plus de ma mort, et sa raison s'altéra. Je n'appris son funeste état que longtemps après. J'osai alors avouer mon mariage, et j'obtins de mes parents la liberté de venir au secours de

Charles. Je craignais qu'il ne me reconnût, et
qu'une émotion trop peu mesurée n'ajoutât
à son égarement. Je cachais mon visage avec
ce ruban. O mon Charles (la voix de Justine
s'élevait, ses joues se coloraient, ses deux mains
étaient étendues vers Charles, qui était toujours
près de la fenêtre et qui ne nous regardait pas)!
sois bien sûr, disait-elle avec cet accent pro-
longé de l'émotion la plus vive, sois bien sûr
que jamais, jamais je ne t'abandonnerai ; je te
suivrai jusqu'au tombeau, et là... je te suivrai
encore. »

Après quelques instants de silence : « Charles, continua-t-elle, devenait plus calme depuis
notre séjour ici. Chaque jour lui rendait quelques souvenirs de sa raison ; mais la scène
d'avant hier a renouvelé son délire et a troublé
totalement ses idées.

« Nous étions assis tous deux dans cette
chambre; il lisait, je travaillais à côté de lui.

« Tout à coup il s'écrie : « Ah! Dieu! Dieu!
« voilà Justine! »

« Ses yeux étaient ardents et fixés sur l'objet
que son imagination lui créait.

« En même temps il se jette à genoux, et il
répétait d'une voix étouffée : « Justine! Justine!
« Hélas! continua-t-il, j'entends l'avenir qui

« se déchire. Justine! tu n'es plus : le temps
« nous sépara, le temps a cessé d'être..., et je
« revois Justine. O toi! sois pour les âmes sen-
« sibles le souvenir adoré! Tu fus la rose de la
« nature, tu duras un jour, mais ce jour ne se
« mêlera point avec ceux qui s'entassent dans
« les abîmes du passé. Le nom de Justine de-
« viendra l'éloge de tout ce qu'on admirera.
« O Justine!... Ses yeux se ferment, ils entraînent
« ma vie. La pâleur de la mort couvre son
« visage. Son cœur bat encore. Non, non, il
« ne palpite plus... La mort est là. »

« Jugez, Monsieur, ce que je souffrais. Hier,
à la même heure, il eut encore cette malheureues
vision. Peut-être aujourd'hui... »

Nous fûmes interrompus par un coup de
tonnerre extrêmement fort, et nous le vîmes
tomber sur un arbre qui était près de la fenêtre;
il en brisa le sommet.

« O Dieu! s'écria Charles avec horreur...
Cet arbre!... La tête est en poudre... Hélas!
que reste-t-il de la mienne? » Après quelques
instants de silence et d'accablement le plus profond : « Là voilà, dit-il. O Justine! je t'atten-
dais. Viens, console-moi. »

Et l'infortuné restait immobile.

Il m'était venu une idée; je crus que c'était

là l'instant favorable. L'état plus violent encore
où Charles se trouvait par l'apparition de sa
Justine me faisait tout espérer. Le moyen paraissait absurde, mais l'effet pouvait en être heureux. La bizarrerie des moyens ne prouve que
la difficulté de réussir.

Je dis mon projet à Justine, elle l'ap-
prouva. J'en étais sûr : la sensibilité vivement
émue voit toujours le succès à côté de l'espérance.

Nous sortîmes. Justine nous conduisit dans
une chambre qui n'était séparée de celle où
était Charles que par une cloison. Deux planches mal jointes me donnèrent la facilité qui
m'était nécessaire.

Je vis Justine qui rentrait. Charles ne s'en
aperçut pas. Elle se cacha dans l'alcôve en
attendant le moment convenu.

J'élève alors la voix et je dis à Charles :
« Écoute, ô bon jeune homme ! Je ne suis
point ta Justine, elle vit encore. Elle t'aime,
elle attend le retour de ta raison pour se montrer
à toi. Prends ce bandeau qui est près de toi,
mets-le sur tes yeux : l'instant où il tombera te
rendra Justine et ta raison. »

Charles, tout tremblant, regarde autour de
lui et voit à terre le bandeau que Justine y

avait mis en rentrant; il se l'attacha avec une docilité qui me donna beaucoup d'espoir.

Justine s'approche doucement de lui : il était debout. Une de ses mains était appuyée sur le dos d'une chaise, l'autre était tombante; sa tête était baissée. Il respirait à peine, et le bruit le plus léger lui causait de l'effroi.

Je gardai quelque temps le silence; puis tout à coup je m'écriai fortement : « Regarde! »

Le bandeau tombe; il est détaché par l'amour, par Justine, et il la voit !

Il s'évanouit. Bientôt il revint à lui, et c'était pour voir sa bien-aimée, la jolie Justine. Il la regardait, et ne parlait point. Ses yeux étaient égarés, quelques larmes les mouillaient; bientôt elles coulèrent en abondance, et ses regards devinrent plus calmes. Il serra Justine dans ses bras avec transport; un instant après il la repoussait avec effroi. Il touchait en tremblant le visage, le cou, les mains de Justine, mais sans le choix, la préférence de la sensation et de l'amour : c'était une certitude qu'il cherchait, et non pas un sentiment. Il semblait que Justine ne fût pour lui qu'une ombre; il voulait la créer, la réaliser... Il doutait... Le désir est loin du doute, et, si l'illusion peut en embellir la cause, la vérité seule le fait naître. La physionomie de

Charles, les sons presque éteints de sa voix tremblante, ses yeux, ses gestes, tout annonçait le
vague de ses idées. Son existence même n'est
plus en lui ; il y touche seulement par Justine,
et, si Justine disparaissait, Charles cesserait de
vivre, comme ces lumières près de finir, que le
souffle le plus léger peut éteindre.

Tout à coup il lui dit brusquement : « Est-ce
toi ?... C'est Justine ! » répétait-il avec tendresse, et l'inquiétude se peignit alors sur sa
physionomie. « Où suis-je ? » J'étais près de lui,
il me regarda : « Qui êtes-vous, me dit-il ? Où
sommes-nous ? Qu'est-il donc arrivé ? » Je sen-
tais que toutes ces questions ne pourraient finir
tandis que je serais là. Celles de l'amour et du
bonheur devaient avoir leur tour, et Justine...
O jolie Justine ! tu pouvais seule les faire cesser
et les faire renaître...

Je sortis ; au bout de quelque temps, je revins.
Heureusement je n'avais pas fait de bruit en
entrant, et ils ne m'entendirent point ; afin
même qu'ils ne pussent pas m'apercevoir, je
fermai doucement la porte, en sortant bien
lentement : peut-être aussi était-ce pour les voir
plus longtemps.

Doux spectacle du bonheur ! vous n'affligez
que l'indifférence ou l'envie ; elles ignorent vos

charmes. Ah! quand je quitterai l'âge heureux
d'en jouir, je les regretterai, j'en parlerai, et je
n'aurai pas tout perdu.

Je vois Charles, je vois Justine.

Ils sont sur ce sopha, là, à côté de la cheminée. Je ne vois plus le mouchoir qui couvrit
un instant les yeux de Charles, ni celui que
l'agitation du désespoir soulevait tout à l'heure,
et qui dans ce moment, enlevé par l'amour, en
découvre les beautés. Ah! Justine! Charles,
l'heureux Charles était bien plus près de vous,
il ne s'en est un peu éloigné que pour vous
voir mieux encore..., pour jouir de ces instants
de volupté qui suivent le plaisir, pour les arrêter
sur chacun de vos charmes. Pourquoi vos yeux
baissés semblent-ils fuir les regards de Charles?
Vous souriez cependant. Votre main tremblante
cherche un appui, se soulève et retombe encore. Charles est toujours à vos genoux. Tout
est pour lui l'objet d'un hommage, et l'aimable
embarras de Justine l'empêche de tout prévoir.
Comment voulez-vous qu'elle fasse? Quand
elle veut interrompre un éloge, un baiser
l'achève, un léger refus le renouvelle, et la
décence augmente encore l'heureux désordre
du plaisir. « Être suprême, s'écriait Charles, si
vous reprenez ma vie au milieu d'une de ces

heures d'ivresse, que me donnerez-vous qui puisse m'en dédommager ? » Charles n'avait plus de doutes, et Justine était si jolie ! Je vis bien encore de l'égarement dans les yeux de Charles, mais ce n'était plus le même, et celui-là..., sa bien-aimée le partageait. Les beaux yeux de Justine étaient brillants du feu le plus tendre. Je voyais sur sa bouche charmante le plus doux sourire, et la douleur ne sourit pas ainsi. Puisse Charles avoir recouvré sa raison pour la perdre longtemps de même !

Ah ! quand je serai vieux, les souvenirs de cette histoire pourront effacer peut-être quelques rides sur mon front sombre et sévère ; mais, hélas ! n'y a-t-il pas un âge où la plus jolie histoire d'amour n'est plus qu'une fable ?

Eh bien, Claudine, que dites-vous de Charles ?

— Ah ! Monsieur, ceux qui ne verront que sa folie seront encore moins sages. Et, s'il est vrai que l'esprit consiste à distinguer en quoi se ressemblent les objets qui diffèrent, et le jugement en quoi diffèrent les objets qui se ressemblent, comment définira-t-on cette faculté brûlante d'une imagination en délire qui confond tout, et cependant peint tout avec le feu de la

vérité? Mais on sera peut-être un peu étonné
de voir un fou dont les extravagances sont des
leçons de sagesse. Vous ignorez... c'est avec
peine que je ne vous dis pas à quel point
cette histoire m'intéresse. Un voyageur égaré,
abandonné dans les déserts du Nord, ne ren-
contre pas avec plus de plaisir un ami ; les ro-
chers nus et escarpés qui l'environnaient et ne
lui présentaient que l'image d'une mort lente
et inévitable s'abaissent : ils ne lui cachent plus
le monde qu'il a quitté ; il a retrouvé l'univers.
Votre récit, Monsieur, a renouvelé dans mon
cœur des impressions, des souvenirs que le
temps n'effacera jamais.

— Mais, Claudine, qu'il doit être douloureux
de mourir quand on est aimé d'une Justine !
Charles était encore bien jeune quand le Ciel
termina son bonheur et sa vie. Ah ! sans doute
le désespoir aura bientôt réuni cette Justine si
ingénue, si constante et si sensible à l'époux
qu'elle adorait. Eh ! quand on a cessé d'être
heureux, n'a-t-on pas déjà cessé de vivre ? Des
larmes sans consolations, des regrets sans
espérances, une mélancolie continuelle, quel
avenir pour la belle Justine ! Que je la plains
si elle existe ! Il me serait plus doux de la
pleurer.

— Plaignez-la donc, Monsieur. Hélas! elle souffre encore.

— Que dites-vous, Claudine! Ah! l'infortunée! Sans doute elle est religieuse dans quelque coin du monde?

— Elle est garde-malade... Et cette Justine..., Monsieur, c'est encore moi. Ah! je vous dirai tout... La confiance est encore un plaisir, quand elle n'est plus un sentiment : car, s'il y a quelque mérite à avouer ses étourderies dans l'heureux âge où il est si doux d'en faire, il n'y a plus pour moi, dans cet aveu, que des souvenirs et des leçons inutiles. Vous verrez que les femmes qui ont tout ce qui séduit (oui, Monsieur, je suis assez vieille pour le dire, même en parlant de moi), vous verrez que les femmes qui réunissent toutes les grâces n'ont réellement pas assez de toutes les vertus, et qu'il n'est pas aussi aisé qu'on l'imagine d'être belle, sensible et sage. Cet instinct de séduction, ce prestige de coquetterie que rien ne réprime et que tout contrarie; cet éclat éblouissant des hommages qu'on désire; ce silence sur toutes les privations qu'on exige; enfin notre bizarre éducation, qui oppose si cruellement le naturel aux institutions sociales, et la réflexion à la sensibilité : tout cela, Monsieur, nous élève l'âme et trouble

notre raison. Nous perdons ce calme si nécessaire dans l'âge dangereux où les femmes pourraient être heureuses sans regrets, aimables sans
art et sensibles sans égarements.

— Vous avez bien raison, Claudine ; mais je
vous le répète encore, l'éducation des femmes,
les grands projets des hommes, l'ambition, la
gloire, les systèmes célèbres, tout nous rappelle
ce vers d'Horace :

*Denique sit, quod vis, simplex duntaxat et unum.*

Je sais qu'avec cette maxime-là on n'aurait
jamais de coquettes aimables, de savants admi-
rés, de rubans nouveaux, de sciences profondes,
ni de fats élégants ; on ne dirait que ce qui est
vrai, on ne ferait que ce qui est nécessaire, on
n'admirerait que ce qui est utile. Ce mieux-là
ne vaut rien : nous serions heureux, et nous
voulons être aimables. »

*Imprimé par* D. JOUAUST

POUR LA COLLECTION

DES CHEFS-D'ŒUVRE INCONNUS

Novembre 1881